約會大作戰　安可短篇集 11

DATE A LIVE ENCORE 11

Kadokawa Fantastic Novels

【約會大回顧　case-1　相遇】

某天，十香受邀參加狂三的茶會。

「狂三，為什麼今天只邀請我一個人？」

「因為妳跟我兩人的插畫比較多。」

「插畫……？」

「我說錯了。偶爾像這樣一邊喝著好喝的茶一邊大聊回憶也不錯呀。」

「唔……」

十香聽不太懂狂三在說些什麼，但心想確實偶爾有這種機會也不錯，便啜飲一口紅茶後點了頭。

「不過，回憶啊……從第一次見到妳算起，已經要過兩年了嗎？」

「是的、是的。時間過得真快，感覺就像過了十年呢。」

狂三又在說些莫名其妙的話了，但不知為何，確實有種過了十年的感覺。

「真是令人懷念，那時我們還是仇敵呢。」

「嗯……就是說呀。我記憶猶新。那時妳突然轉學過來，非常臭屁地向大家介紹自己是精靈。」

「……是、是這樣嗎？」

十香感慨萬千地說道。不知為何，狂三臉頰微微泛紅，挪開視線。

「嗯。當時班上都在說妳『中二病』、『怪咖』

或是『搞砸了啊……』之類……不知道是什麼意思就是了。」

「唔……！」

十香說完，狂三有些無地自容地發出呻吟。

然而，她啜飲一口紅茶讓心情平靜下來後，打起精神接著說：

「不、不過，當時那樣並不是在耍帥，而是盡快向士道展現自己存在的一種手段。而且重點是那並非我本人，而是某個年輕時期的分身……」

「這樣啊。真正的狂三是在頂樓戰鬥時才初次現身吧。」

「沒錯，正是如此。」

『被之後登場的琴里打敗後，逃之夭夭了呢。』

「唔唔……！」

「說到這裡，當時妳使用的那招憑自我意志引發空間震的招數，好像從此就沒再使用過了呢——為什麼啊？」

「…………」

狂三額頭冒出汗水，從座位上站起來。

「……十香，要不要配茶點呢？」

「喔喔……！要！」

十香把剛才浮現的疑問拋諸腦後，露出開朗的表情。

【約會大回顧　case-2　約會】

『……十香，味道如何？』

『嗯！很好吃喔！』

十香面帶笑容說完，歪頭表示不解。

「可是，為什麼需要換衣服呢？」

「不要在意這種小事。」

說完，狂三清了一下喉嚨，改變話題：

「除了相遇時，還有許多回憶呢——比如說，跟士道約會之類。」

「喔喔，對耶——我過了很久才聽說，當時他跟我、狂三還有折紙的約會時間重疊了，蠟燭三頭燒呢。」

「呵呵，好像是呢。怪不得我當時覺得他上廁所的次數未免太多了一點。」

狂三嘻嘻笑了笑，接著說：

「話說，十香妳當時去了哪裡約會呢？」

「我是去水族館，看了很多漂亮的魚喲！」

「哎呀哎呀，聽起來很好玩呢。」

「嗯！那狂三妳去了哪裡？」

十香詢問後，狂三便勾起嘴角。

「我突然被帶去Lingerie Shop呢。」

「Linge什麼……？」

「……喔喔，就是賣內衣褲的地方。」

聽見陌生的詞彙，十香歪過頭，狂三便流下汗水

說明。

十香聞言，不禁倒抽一口氣。

「什……！妳說內衣褲？狂三，妳該不會——」

十香皺起眉頭說道，狂三便像是早就在等她的反應似的聳了聳肩。

「呵呵呵，士道也真是的。竟然劈頭就把初次約會的對象帶到那種地方……」

「唔……原來如此。不，妳不用放在心上啦，狂三。據說每個人小時候都有過這種經驗，妳沒必要感到難為情。」

「……呃，妳在說什麼啦！」

十香壓低聲音說完，狂三便忍不住大叫出聲。

就在此時，家門那邊傳來聲響，結果是六喰與二亞來了。

「唔嗯，原來爾等在此處啊。」

「真是的，三三，妳要辦茶會也邀請我們嘛～～妳們兩個在聊什麼～～」

二亞一派輕鬆地說道。十香試圖敷衍過去：

「沒有啦……我們沒聊什麼大不了的事。完全沒聊到狂三不小心尿褲子的事……」

「十香！」

「咦！那是怎樣，仔細說來聽聽！」

「啊啊，真是的……別亂說喔！」

狂三面紅耳赤地怒吼。

【約會大回顧 case-3 第一印象】

「事情就是這樣，不如我們也來聊聊相遇時的回憶，應該說對彼此的第一印象吧？」

『什麼叫『事情就是這樣』？』

『話說，為何要換成泳裝？』

「……」

聽見二亞說的話，狂三、六喰、天香三人各自回以傻眼的反應。

『好啦好啦，有句話叫『裸裎相見』嘛。』

『無聊。愛聊妳自己去聊。』

十香的反轉體天香唾棄似的說道──十香剛才不小心讓可麗餅掉在地上，大受打擊而反轉。不必太深究所謂的時間序列。

『嗚哇～～天姊欺負我。我要跟十香告狀～～』

『……噴！』

二亞說完，天香非常火大地咂嘴。

大概是把天香的反應視為同意，二亞接著說：

「那就先從三三的第一印象開始說吧。」

「唔嗯……大概是盯上郎君的怪女人吧……」

「手無縛雞之力的聰明精靈。」

六喰與天香毫不客氣地說道。狂三笑著回答：

「哎呀哎呀。」

「啊哈哈，還真是毫不留情呢。我因為自己受到她的幫助，覺得她是個神祕的英雄吧——那麼，大家對小六的第一印象呢？」

「呵呵呵，她給我的印象是可愛的女孩。」

「小巧卻是個戰士。」

「原來如此，我反倒覺得她『很大……』呢。」

「……？此言何意？」

六喰一臉不解地歪過頭。不過二亞並未回答，只是接著提出下一個問題。

「那麼，對天姊的印象呢？」

「唔嗯……用腳踹郎君的壞女人。」

「是個有趣的反轉體——呢。」

「我則是覺得……原來也有2P色啊。」

「妳從剛才就一直在說什麼鬼話啊？」

聽見二亞說的話，天香皺起眉頭。不過，二亞滿不在乎地接著說：

「那麼重頭戲來了！對我的第一印象呢？」

「「『——糟糕的大人。』」」

三人異口同聲回答。

DATE A LIVE ENCORE 11

GraduationTOHKA, TriadYAMAI, PartnerITSUKA, ElectionNATSUMI, StrangerSPIRIT, OriginMIO

CONTENTS

約會大作戰

安可短篇集 11

橘 公司
Koushi Tachibana

Kadokawa Fantastic Novels

彩頁／內文插畫　つなこ

精靈
THE SPIRIT
存在於鄰界，被指定為特殊災害的生命體。發生原因、存在理由皆為不明。
現身在這個世界時，會引發空間震，給周圍帶來莫大的災害。
再者，其戰鬥能力相當強大。
處置方法1
WAYS OF COPING 1
以武力殲滅精靈。
但是如同上文所述，精靈擁有極高的戰鬥能力，所以這個方法相當難以實現。
處置方法2
WAYS OF COPING 2
——與精靈約會，使她迷戀上自己。
安可短篇集11
DATE A LIVE ENCORE 11
SpiritNo.0
Height 160 Three size B89/W60/H87

畢業生十香

GraduationTOHKA

DATE A LIVE ENCORE 11

「——畢業典禮？」

某天吃晚餐時，夜刀神十香將眼睛瞪得圓滾滾的，如此反問士道。

這位美少女的特徵是擁有一頭烏黑的髮絲與水晶般的雙眸。如今她那端正的面容染上疑惑之色，臉頰還黏著飯粒。

不過，這也無可奈何，畢竟今晚的菜色是薑汁燒肉。用士道祕傳的醬汁炒得香氣四溢的豬里肌是能夠無限下飯的絕品，十香已經續了三碗飯，難免會黏上顆飯粒。

「是啊。」

坐在十香對面的士道看見十香的模樣後，輕輕笑著點了頭，繼續說道：

「那是學校生活結束時舉辦的典禮……簡單來說，就像是派對那樣的活動。我們上個月參加過了，可是妳當時沒辦法參加吧？所以才問妳想不想參加。因為無法像真正的畢業典禮舉辦得那麼盛大，應該會是那種只召集幾個親朋好友來參加的小型畢業典禮。」

士道參雜了些許手勢，簡單地說明。

沒錯。目前坐在士道眼前的少女——十香，曾經一度從這個世界上消失。

然後經過無數的奇蹟，再次回到士道等人的面前……不過，那時原本是同學的士道等人早已從高中畢業。

雖然十香也透過〈拉塔托斯克〉的力量從高中畢業，唯獨畢業典禮無法重新參加。因此，士道與妹妹琴里商量後，提出為她舉辦一場小型的畢業典禮。

「喔喔……！」

十香聽了士道說的話，眼睛散發燦爛的光彩，從椅子上站起來，探出身體。

「感覺——好棒喔！我覺得這個想法非常好！」

說完，一副興奮的模樣使勁揮動雙手。

不過片刻過後，她又面有難色地發出低吟：

「可是……這樣好嗎？為了我一個人勞師動眾——」

「哎呀，妳可別誤會了。我們是因為自己想辦才辦的，大家都想祝福十香。」

士道發出聲音打斷十香後，張開手指向坐在五河家飯廳及客廳的前精靈少女們。

於是，少女們紛紛面帶微笑點頭回應士道。

「呵呵，正是如此。汝只要乖乖接受祝福便可。」

「機會難得，就辦吧。而且會成為一輩子的回憶喲！」

「請務必接受我們的祝福，十香。」

「大家……」

十香垂下視線，點頭答應後抬起頭。

「抱歉，說了掃興的話。謝謝大家，請務必讓我參加！」

十香說完，大家心滿意足地露出笑容並鼓掌。

士道見狀莞爾一笑，環視所有人，接著說道：

「好，既然決定了，那就立刻從明天開始準備吧。〈拉塔托斯克〉已經說好會幫忙預訂會場，但我們還是得準備裝飾跟聯絡朋友來參加。」

「「好～～！」」

少女們聽士道說完便同時舉起拳頭，十香本人也精神百倍地高舉雙手吆喝。

「——等一下，十香不需要幫忙準備喔。」

就在這時，一名坐在餐桌前的少女提醒道。

她擁有一雙水汪汪的大眼，用緞帶將頭髮綁成雙馬尾。她是士道的妹妹，也是〈拉塔托斯克〉的司令官，五河琴里。

琴里的反應令士道不禁搔了搔臉頰，露出苦笑。十香的確是被祝福的那一方，嚴格來說，要她幫忙準備確實說不過去。但既然已經說出要舉辦小型畢業典禮，也稱不上驚喜了吧。

「跟大家一起準備沒什麼關係吧？她本人也想參與啊。」

「不，我不是那個意思。我是指十香還有其他事情要做。」

「其他事情……？」

士道一臉疑惑地歪頭詢問後，琴里便眯起眼睛，用力指向十香。

「沒錯──那就是準備大學的入學考。」

「……咦？」

「唔……？」

琴里說完──

士道與十香同時睜大眼睛。

「這是什麼意思？十香要讀的大學……跟我和折紙是同一所吧？不是像高中一樣，會由〈拉塔托斯克〉暗中安排嗎……」

士道不解地皺起眉頭，將視線移回琴里的方向。

沒錯，〈拉塔托斯克〉是個祕密組織，目的是和平解決空間震，讓精靈過上幸福的生活。而這樣的理念在初始精靈消逝後的現在也不曾改變。

成功封印的精靈全都在〈拉塔托斯克〉的幫助下取得戶籍，若有必要，也會安排她們轉進高中或國中就讀。因此，士道還以為這次〈拉塔托斯克〉也肯定早就暗自安排好了。

大概是從士道的表情猜出他的想法，只見琴里面有難色地聳肩說道：

「我當然也有此打算，實際上也已經跟學校的理事長說好了……不過，那所學校的校長冥頑

不靈，主張再怎麼有不得已的苦衷，也不能免試入學，否則無法給其他學生做表率。我也調查過他的身家背景，看能不能找到什麼把柄可以拿來跟他談判，但是沒找到，是個現今難得人品高尚清廉的偉大教育者。雖然是個非凡的人物，就我的立場來說，是最難對付的類型。」

「原、原來如此……確實是這樣沒錯。」

士道說著，想起入學典禮時見到的校長。他是位腰桿筆直，表情充滿威嚴的男性，五官和姿勢的確透露出非同小可的嚴峻態度。

「事情就是這樣，所以很抱歉，十香必須參加特別入學測驗才行。內容是三科目的筆試和面試——妳願意努力看看嗎？」

「嗯，我知道了！」

十香聽了琴里說的話，精神奕奕地點頭。她那天真無邪的表情，令士道臉頰不禁流下一道汗水。

「……真的沒問題嗎？」

士道考上的彩戶大學雖然稱不上最高學府，但也不是臨時抱佛腳就能考上的學校。至少士道為了考試，接受了高中第一秀才鳶一折紙緊迫盯人的學業輔導（說得更正確一點，是她跑到起初打算去補習班補習的士道身邊，半強制性地教他念書）。

十香的腦袋絕對不笨，反倒學習和吸收能力可說非常強。

不過令人難過的是，她跟其他人的起跑線實在差太遠了。從現在開始準備考試，究竟要花多少時間才能到達及格分數呢？

正當士道思考著這種事情的時候，琴里像在表示她能理解地點了頭。

「總之，先確認十香現在的實力吧——十香，我有準備模擬測驗，妳吃完晚餐後過來找我一下。」

「嗯！」

十香沒理會士道的憂慮，再次朝氣蓬勃地點頭答應。

經過約四個小時，在位於精靈公寓一樓的多目的空間。

「唔、唔～～……這是……」

「……雖然早就預料到了，她的實力差不多就是這種程度吧。」

士道與琴里面有難色地看向放在桌上的答案卷。

理由很單純。因為十香的模擬考分數實在令人不知該做何反應。

國語……三十一分／一百分。

外語……三十五分／一百五十分。

歷史地理（選擇科目）……二十五分／一百分。

就算分數加倍，也還是不及格。雖說除了筆試還有面試，但憑筆試這點分數是不可能及格的吧。

「唔唔嗯……原來這題的答案是這樣啊，真是太難了呢。」

十香眼神認真地確認答案，將答錯的地方抄寫在筆記本上。先不論分數，她的學習態度非常積極真摯。先不論分數。

「琴里……」

士道露出有苦說不出的眼神望向琴里。在本人面前不好說出具體的詞彙，但情況十分不妙。當十香的學力到達合格水準時，士道和折紙恐怕早已升上高年級了吧。

琴里像在表達「一切盡在不言中」地搖搖頭。

「當然，如果十香不合格，我們也會很困擾，所以也不是沒有法子──這個拿去用吧。」

她如此說完，從口袋拿出幾個類似小機械的物品，擺在桌上。士道與十香同時凝視著那些物品。

「嗯……琴里，這是什麼？」

十香一臉疑惑地指向像是小貼紙的東西。於是，琴里盤起胳膊回答：

「那是骨傳導耳麥。只要貼在耳後，就能在不被考官發現的情況下與外界通話。」

「那這個又是什麼？」

十香緊接著指向類似隱形眼鏡盒的東西後，琴里便接著回答：

「那是投影型顯示器。只要戴在眼睛上，圖片、影像就能直接顯示在視網膜上。」

「這是……」

「對應顯示器的自動感應攝影機。首先得知道考題的內容，我們才能指示答案吧。因為跟小飛蟲差不多大，不會被發現。」

「……全都是作弊道具嘛！」

士道發出哀號般的叫聲，琴里便瞇起眼睛聳肩回答：

「怎麼說得這麼難聽，每樣道具都是『檯面上』的技術不可能實現的水準喲。萬一被發現，也絕對沒辦法證明我們作弊。」

「問題在這裡嗎！」

正當士道與琴里發生口角時，仔細端詳這些裝置的十香突然抬起頭。

「──謝謝妳，琴里。可是我不能使用這些東西。士道他們是努力讀書才考上大學的吧？那我也必須靠自己的力量努力，否則不合乎道理。」

對於十香這番話以及她那充滿決心的表情，這次換士道與琴里面面相覷了。

「十香──」

士道頓時不知該如何回答。雖然不會被發現，但作弊就是作弊，剛才指出這一點的正是士道自己。然而不得不說，實際上的問題在於倘若十香不使用這些裝置，要考上特別入學考的可能性非常低。況且轉進高中時也是靠〈拉塔托斯克〉的安排，事到如今——

「……不。」

士道靜靜地搖頭。

在十香直勾勾的注視下，只能這麼回答了。

情況與她一無所知地轉進高中時已經不同了。十香已有所成長，也學會了社會常識，而且在眼前出現選項時做出了選擇。既然如此，士道怎麼能否定她的選擇。

「嗯，也是，十香說得對，應該靠自己的力量努力——就算結果不如預期，那也是唯一能讓自己自豪的做法。」

士道如此說完，輕輕吐了一口氣。

「反正無論結果如何，晚上還是會一起吃飯，跟現在沒什麼兩樣。只要踏實地提高學力，總有一天合格就好。」

「你在說什麼蠢話啊？」

不過，琴里卻瞇起眼睛，用力拍了一下士道的額頭。

「好痛，琴里，妳幹嘛啦！十香都不願意了，總不能逼她作弊吧。」

「……關於這一點，我沒有異議。雖然我準備了萬全的手段，但也不想違背十香的意願——不過，後半段那番話我實在無法苟同。」

「後半段……」

士道皺起眉頭，琴里便大幅度地張開雙手。

「無論結果如何？總有一天合格就好？開什麼玩笑。我賭上〈拉塔托斯克〉的名譽，絕對要讓十香通過這次的特別入學考。」

「唔？」

十香聞言，瞪大了雙眼。琴里誇張地用力指向十香，接著說道：

「十香，妳的想法我十分明白了。可是，如果不使用這個方法，就只剩下一個手段。那就是拚命讀書，直到考試那一天。想必讀書計畫表會嚴苛到至今的方法無法相比的地步——妳做好心理準備了嗎？」

十香毫不猶豫地緊握拳頭並頷首。

「——嗯。為了與士道一起上學，無論是什麼樣的考驗，我都會通過！」

琴里聞言，勾起嘴角。

「有志氣！那麼我也要認真執行了——有請！」

接著她高聲說道，打暗號似的拍了一下手。

於是下一瞬間，多目的空間的門便「轟隆隆隆隆……」地打開，兩道人影走了進來。

「折紙──還有瑪莉亞！」

看見兩人的身影，士道不禁大喊。

沒錯，走進室內的是士道的同學鳶一折紙與空中艦艇〈佛拉克西納斯〉的ＡＩ瑪莉亞。不知為何，她們雙方都戴著細框眼鏡，身穿合身的套裝。折紙手上拿著問題集與教鞭；瑪莉亞則是攜帶類似偏大的低周波治療器的神祕機器。

「喔、喔喔……？」

兩人散發出非比尋常的氣息，令十香畏縮地後退一步。不過，兩人滿不在乎地大步走到十香身邊，架住她的雙手。

「事情我們都聽說了，接下來就交給我們，一定讓妳合格。」

「是的。經過我們的調教，一星期後肯定會成為超越十香的超級十香。放心吧，目前沒聽說有留下後遺症的案例。」

「呃，妳們到底打算幹什麼啊！折紙就算了，瑪莉亞拿的那個是什麼東西啊！」

士道不禁大叫出聲。不過，折紙與瑪莉亞毫不理會士道，逕自將十香拖走。

「沒問題，沒什麼好怕的。」

「沒錯，一切交給我們。」

「喔喔喔喔喔喔喔喔喔！妳、妳們兩個，要帶我去哪裡啊……！」

「十、十香～～～！」

士道大喊也徒勞無益，多目的空間的門就這麼關了起來。

◇

十香被折紙與瑪莉亞帶走後，經過一個星期。

士道與一群前精靈少女佇立在彩戶大學的正門口。

大家的表情透露出些微緊張。不過，這也難怪——因為今天正是舉辦十香特別入學考的命運之日。

實際上，士道也明白自己的表情跟其他人一樣。結果從那之後，士道便沒有再見過十香。

儘管還是有幫她準備三餐，但基於會妨礙她念書這個理由，並不允許會面，只能請人將菜餚轉交給她。因此，士道也想像不出十香現在是何種狀態。

「不知道十香要不要緊……」

四糸乃一臉擔心地握手祈禱。站在她身旁的七罪抓了抓臉頰回應：

「……就是說啊。要是在已經確定落榜的狀態下參加畢業典禮，我們也不好坦率地獻上祝福，如果考試考不好，希望能在確定是否合格前趕快舉辦畢業典禮……」

「哈哈……」

士道聞言，冒著汗水苦笑。

七罪的憂慮也不無道理。這一星期以來，她們為了十香的小型畢業典禮，辛勤地製作裝飾會場的花飾和圖板。既然如此，當然會希望她能在歡欣的狀態下參加典禮並由衷感到喜悅。

這一切端看考試的結果。有折紙和瑪莉亞伴讀，士道很想相信十香勝券在握，不過——

「——唔嗯，來了。」

就在這時，傳來六喰的聲音，士道反射性地抬起頭。

一輛全黑的汽車從道路的另一端緩緩駛來——不會錯，那是士道等人搭過數次，〈拉塔托斯克〉所屬的車輛。

不久後，車輛停在士道等人的面前，車門靜靜地打了開來。折紙和瑪莉亞從後座，琴里則是從副駕駛座下車。

「各位，讓你們久等了。」

「不會——倒是十香呢？」

士道一臉緊張地詢問後，琴里便一語不發地努了努下巴示意後座。

所有人的視線隨著她的動作集中到後座。

於是，一名少女正好從後座下車。
「……咦？」
士道見狀，發出呆愣的聲音。
不過，這也是理所當然的事。出現在那裡的確實是夜刀神十香本人沒錯——但不知為何，她的頭髮向上盤得整整齊齊，穿著高跟鞋，還戴著銀框眼鏡。順帶一提，她的腰桿挺得筆直，表情從容不迫，從雙眸能感受到知性的光輝。
沒錯。老實說——看起來比平常的十香更加冰雪聰明。
「妳、妳是……十香吧？」
「是的，好久不見了，五河先生。」
「……………………………嗯嗯？」
聽見伴隨著爽朗微笑所發出的話語，士道歪過頭。
十香並沒有說什麼奇怪的話，但總覺得非常突兀。
「妳、妳念書……念得怎麼樣了？」
「Leave it to me. Nothing I can't handle——」
「……妳說什麼？」
「哎呀，抱歉，不小心說成英語——交給我吧，現在的我面對所有問題都能迎刃而解。」

「這、這樣啊……」

士道深呼吸好讓自己平靜下來後，對折紙、瑪莉亞和琴里招了招手。

當三人走近時，士道吸了一口氣說：

「——根本判若兩人嘛！妳們到底對她做了什麼才會變成這樣？」

士道吶喊後，折紙與瑪莉亞便心虛地挪開視線。

「我們只是熱切地教她讀書而已。十香的吸收能力很驚人呢。」

「折紙說得沒錯。如果真要說有做什麼特別的事，頂多只有併用顯現裝置和休眠艙，將念書時間壓縮到極限，實現一天讀書三百個小時這種不可能的任務。」

「這明顯就是主因吧！」

士道發出哀號般的叫聲，琴里便攤開掌心安撫道：

「好了、好了……我也沒想到效果會這麼好啊，反正是暫時的，沒問題啦。我想只是因為一口氣塞進太多知識，變得有點High而已。」

「是、是這樣嗎……？」

士道一臉狐疑地瞥了十香一眼。十香每走一步模特兒般的步伐便推一推眼鏡……的確好像愈來愈覺得沒問題的樣子。

「……那就好……變化如此之大，應該可以期待考試成果吧？」

士道說完，回答他的不是琴里，而是十香直接回應：

「是的。筆試自然不用說，面試的對策也準備萬全。為了應對任何質疑，從主要的世界情勢到學院的專門知識、教授喜愛的玩笑和幽默，網羅了所有話題，若要說有什麼不安的地方，大概就是不知道面試官能不能跟得上我的知識了。」

十香做出美式喜劇般的誇張反應，聳了聳肩。那自負得令人直搖頭的態度，使得士道不禁皺起眉頭望向瑪莉亞。

「……她說出這種話，感覺好像瑪莉亞二世喔……」

「討厭啦，竟然說她像我和士道的孩子。」

瑪莉亞瞬間羞紅了臉頰。士道額頭冒出汗水，瞇起眼睛回答：

「如果是這樣，妳的另一半應該是折紙才對吧……」

不過，既然十香把話說到這種地步，應該可以期待考試結果吧。士道雖然心境複雜，姑且還是表示安心之意。

「那麼，時間差不多了，我就先去考試了。大家在家等我的好消息吧。」

十香如此說道，面帶微笑推了眼鏡，英姿颯爽、大搖大擺地穿過大學的正門。

不過，就在這個時候——

「——呀！」

大概是因為不習慣穿高跟鞋和走臺步，當她正要跨過校門的滑軌時，絆到了腳，跌了個狗吃屎。

「十、十香！」

「妳沒事吧……！」

「嗚哇，完全是臉著地，看起來超痛……」

士道與少女們連忙衝到趴在地上的十香身邊。於是，十香起身揮了揮手回應。

雖然臉蛋和衣服弄髒了，不過似乎沒有受傷。士道見狀，鬆了一口氣。

「喂喂，妳沒事吧？來，用手帕擦擦臉。」

「……唔，不好意思，士道先生，我並無大礙——那麼，我去考試了！」

「好，加油喔！」

「嗯！」

十香精神奕奕地揮揮手，走向大學校舍。士道也大幅度地朝她揮手，目送她的背影。

不過，就在十香的背影消失在遠方時。

「…………奇怪？」

士道覺得好像發生了什麼奇特的事，不禁歪過頭。

◇

「…………」

彩戶大學專任講師兼特別入學考考官——長角靜看著眼前展開的奇妙光景而佇立在原地。

不對，本來今天這一天就夠奇怪了，突然舉辦什麼「特別入學考」。至少她在這所大學工作到現在，還是第一次遇到這種狀況。

再加上那名參加特別入學考的考生是個非常奇特的少女。

記得她的名字叫夜刀神十香，是個美若天仙、充滿自信的少女。老實說，走進教室看到她時，頓時被她的美貌奪去目光，看傻了眼。

當講師這麼久，大概能分辨出哪個學生會讀書、哪個學生不會讀書。她散發出來的氣氛明顯屬於前者。挺直的背脊、眼瞳點燃的知性之光，有種壓倒性的存在感，令人覺得會在入學典禮後不久安插特別入學考這種異常的日程，肯定有什麼不得已的隱情。

……然而……

「…………」

靜揉了一下眼睛。

因為考試開始後不久，感覺十香給人的印象與剛才截然不同。

起初是這種氣氛──

（哼！無論是何種問題，都不是我的對手。）

但隨著作答的時間愈久，就變成──

（……唔？這個問題……我好像……有做過……？）

後來變成──

（…………唔、唔……）

就好比龜裂的容器，原本裝滿的知識之水，隨著時間的流逝，一點一點漏掉的樣子。

當然，考試中禁止發出聲音，所以這一切不過是靜的想像罷了。

考到一半時，大概是頭腦發熱，只見她解開盤起的頭髮，甚至拿下戴著的眼鏡。看來是裝飾用眼鏡。

然後在靜宣布考試時間還剩五分鐘時，她便焦急地視線游移，在鉛筆的側面做記號，開始滾動鉛筆猜答案……若是國中或高中的定期考查也就算了，在大學入學考鮮少看到這樣的光景。

「呃、呃……考試結束。請把筆放下。」

「呼哈──────」

靜如此說道的同時，十香嘆了一大口氣，趴向桌面。

從那副模樣已經感受不到一絲考試開始時那種凜然的氣息。靜對剛才目睹的光景感到不可思議，還是默默地回收答案卷。

同一天，在彩戶大學A棟，為了特別入學考面試而設置長桌與椅子的教室中。

齊聚一堂的三名面試官凝視著擺在長桌上的考生入學申請書，滿腹狐疑地交談：

「……夜刀神十香，十八歲，都立來禪高中畢業……嗯，為什麼沒有直接參加入學考呢？」

「上面寫說是為了治療疾病。現在已經康復，健康方面完全沒問題，但手術時間剛好與入學測驗撞期了。」

「原來如此，那還真是可憐……話說回來，竟然為她舉辦特別入學考……她究竟是何方神聖呢？」

「「…………」」

三名面試官沉默不語。

不過，這也是理所當然的事。若是轉學考也就罷了，然而是「特別入學考」，想必這位名叫夜刀神十香的少女是非常重要的人物吧。

是有權有勢的政治家或大企業老闆的千金嗎？抑或是某國的王族？——無論如何，都無疑是理事長特別通融的存在。

「……如果給她不合格，該不會惹禍上身吧？」

「不不不，再怎麼說也不可能會這樣吧。」

「就是說啊。況且，是否合格又不是只靠面試結果決定。我們只要一如往常做好自己分內的工作就好。」

沒錯，入學考中占最大比重的終究還是筆試的分數。就算面試的印象良好，只要筆試分數太差也無法合格。

不過，「若筆試結果是低空飛過」……也許面試成績便會決定是否合格。

正當面試官們聊著這種話題的時候，突然有人敲了門。

「……！面試時間還沒到啊……」

「呃、哎，有時候也會遇到這種情況吧——請進。」

一名面試官催促門外之人入室。

於是，門緩緩開啟——出現了一名意想不到的人物。

那是年約六十，表情嚴肅的男性，眼神銳利，留著整齊的鬍鬚。背脊如鐵芯穿過般威風凜凜的站姿，與其說是教育者，說是退役軍人還比較貼切。

「……！校、校長！」

面試官看見來者，全都反射性地站了起來。

沒錯，他就是彩戶大學的校長，大道寺政景本人。

「抱歉啊——突然提出這種要求，不過，這場面試也能讓我參加嗎？」

「什麼……！校長親自面試嗎……？」

面試官流下汗水。這也難怪。通常考試的面試官是由學院的教授或副教授擔任，鮮少有校長直接參加。

這名考生果然是大人物吧，千萬不能讓她不合格——

「「…………」」

不，面試官們在心中否定了這個想法。大道寺政景是魔鬼教育者，不會屈服於任何權力。他會親臨現場——反而表示這名考生可能是相當麻煩的問題學生。

「當、當然，我們現在就幫您準備座位！」

無論如何都不可能拒絕他的要求。面試官連忙擺了一張新的椅子。

「喔喔，不好意思啊。」

說完，校長落坐。即使坐下，他的姿勢依然十分端正。三名面試官表情透露著緊張，打直腰桿，模樣宛如他們才是考生。

——不久，面試的時刻來臨。於是，傳來了兩聲微弱的敲門聲。

「請、請進。」

面試官說完，門便慢慢打開——一名滿臉倦容的少女走了進來。

「不、不好玉……意思……我是夜刀神十香……請奪……多指教……」

她語無倫次地說道，接著癱坐在椅子上。面試官們見狀，皺起眉頭。

「……我還沒請妳坐下。」

「唔……對喔，琴里好像也說過這件事。抱歉，我考試考得有點累，不小心忘記了。」

聽見這個回答，面試官們七嘴八舌地討論：

「通常會先等我們的指示吧？」

「而且，敲門敲三下才是所謂的禮儀吧？」

若是普通的面試，面試官們也不會如此吹毛求疵，頂多只會在之後扣點分，應該不會在本人面前指出這些錯誤。

不過，如今狀況不同。因為面試官們異常害怕十香在校長面前出洋相。

十香一臉抱歉地接著說：

「真是不好意思。唔，不過，我聽說所謂的禮儀是為了不讓別人感到不快……人會因為少敲一次門就心情不好嗎？還真是難以捉摸呢。」

「我說妳啊……」

面試官話說到一半就停了下來。

理由很單純，因為校長出聲打斷了他。

「說得不錯，迷失本質是很愚蠢的事，但這種事在社會上比比皆是。起初是為了體貼別人而開始的東西卻慢慢形式化，後來轉變成不做那些事就是不合乎禮儀、沒禮貌，偶爾甚至有先制定好禮儀再讓人遵守這種事——妳認為是為什麼呢？」

校長露出銳利的視線凝視十香。

不過，十香卻不怎麼緊張地「唔……」了一聲，做出沉思的動作。

「……是因為如果大家都說那是好事，就會自然認為那肯定是好事吧？」

「沒錯——因為不會去思考。因為不去深思熟慮那為何會被大眾視為好事就盲目跟從。如果要再說一個原因，也是因為斥責沒禮貌的人心情會很爽快吧。雖然我相信敝校應該沒有這種人就是了。」

「「…………」」

校長語帶諷刺，面試官們聽得一陣沉默。

校長不予理會，接著說：

「不知道從什麼時候開始，面試竟變成了程序固定的舞蹈表演。不過，敝校明知這一點卻依然沒有廢除面試制度，無非是因為這是能直接與希望進入本校的學生談話的難得機會——我想問妳幾個問題，妳能老實回答我嗎？」

聽完校長這番話，十香端正坐姿，吸了一口氣後直勾勾地回望校長的眼睛。

「——嗯，我知道了。我答應你絕不說假話。」

然後發出凜然的聲音如此說道……接著像是突然想起來，又補充一句：「我是說『您』。」

「那麼，第一個問題。妳想就讀敝校的理由是什麼？」

「因為我的朋友們讀這所大學。他們是我非常重要的朋友。我想如果能跟大家一起學習，不知道該有多好。」

「嗯，朋友嗎？那很棒呢。所以，妳對這所大學並沒有什麼特殊的情感嘍？」

「嗯。非常抱歉，如果他們去讀其他大學，我應該會希望就讀那所大學吧。」

十香毫不愧疚地點頭回答。面試官們吃驚地瞪大雙眼，因為他們萬萬沒想到十香會在面試時當面說出這種話。

不過，校長卻一副沒壞了心情的模樣，繼續說道：

「那麼，妳為何沒有報考敝校的入學考？而是特別選擇在這種時期參加考試？」

「這是因為——」

十香說到一半，輕輕搖了搖頭。

「抱歉，我不能說。」

「不、不能說，妳……難道不是為了治病嗎？」

其中一名面試官秀出申請書說道。於是，十香輕聲接著說：
「我答應不說假話的。所以，我不能說。」
「嗯……原來如此。」
校長點頭表示理解。
「也罷。不管理由如何，妳都是為了與朋友共度大學生活，不管怎樣都想合格吧。」
「嗯，沒錯。」
「——為此，妳做出舞弊的行為也無所謂？」
校長瞇起眼睛，發出冰冷徹骨的聲音說道。聽見校長這番話和語調，三名面試官不禁屏住呼吸。
「「……！」」
校長的話聽起來不像在開玩笑或試探，而是實際抓到舞弊的證據——事先跟大學打通關係的樣子。
不過，他似乎也在鑑定。
——鑑定眼前的這名少女是否有資格進入這所學府的大門。
十香並未挪開視線，回答：
「如果你是指琴里為我準備的手段，我已經拒絕了。因為我認為大家都付出了努力，只有我什麼都沒做的話，一定會後悔吧。

不過——也是，如果你要責備我能參加這次的考試本身就是舞弊，我也無話可說。就算我有無法參加正規考試的苦衷，讓你們特地行個方便仍是事實。雖然對琴里他們很抱歉，我就明年再重考吧。」

「…………」

校長像是要看穿十香的思緒，目不轉睛地盯著她的眼睛——

不久卻莞爾一笑，輕輕吐了口氣。

「那麼，最後一個問題——妳讀書讀得開心嗎？」

「——嗯！」

十香笑容滿面，精神奕奕地點頭。

◇

決定命運的特別入學考之後過了幾天。

士道和十香、琴里一起造訪母校來禪高中。

「喔喔——是體育館耶！好懷念喔！」

十香張開雙手，用全身表達喜悅似的雀躍地說道。
那副模樣是士道以往認識的那個十香。看來果然如琴里所說，考試當天的言行舉止是一口氣塞進太多知識所造成的類似溢位的現象。在那之後——應該說考試結束回家時——早已變回原來的十香。
十香現在身穿熟悉的高中制服。今天的此刻，她更適合這身裝扮。
沒錯。今天正是期待已久的十香小型畢業典禮舉辦日——而琴里所準備的會場，其實就是舉辦真正畢業典禮的來禪高中體育館。
「話說回來……虧妳能訂下這個地方呢。」
士道發出交雜了欽佩與傻眼的嘆息說完，位於左方的琴里便晃動含在嘴裡的加倍佳糖果棒回答：
「反正今天放假嘛。我跟學校說明來龍去脈後，校方便爽快地答應提供場地給我們。」
「可是雖說是假日，籃球社或排球社不是還要練習嗎？」
「噢，那個啊——」
琴里此時止住話語，意味深長地笑道：
「反正，我自有法子解決。」
「什麼啦，很令人好奇耶。妳沒有做什麼奇怪的事吧？」

「才沒有咧。你把我想成什麼人了啊？」

琴里微微鼓起臉頰，望向十香。

「別管這個了，時間差不多了——好，十香，大家已經在裡面等妳了，主角該登場嘍。」

「嗯！」

十香大大地點了頭後，走向體育館的入口。

士道追著十香的背影，對走在他旁邊的琴里說道：

「不過，會場這麼大，會不會反而顯得寂寥啊？我也邀請了殿町和山吹他們……可是全部加起來也才三十人，還滿冷清的耶……」

「——你這麼覺得嗎？」

聽了士道說的話，琴里微微一笑。

於是，十香的手正好在此時推開體育館的門——

下一瞬間，撼動地面的如雷掌聲與歡呼聲襲向士道他們。

「喔喔……！」

「嗚喔！」

士道不禁縮起身子。

體育館內人山人海，擠滿了數不清的人。

四糸乃、折紙等前精靈少女、殿町、亞衣麻衣美衣等之前的同學、小珠等教師群，以及〈佛拉克西納斯〉的船員們會出席倒還能理解，然而除此以外，連班上還有不同年級的學生、其他學校的學生們，甚至是十香經常光顧的商店街店家老闆、餐飲店的老闆等，男女老少各式各樣的人們都面帶笑容迎接十香。仔細一瞧，還能看見本來預計在這裡練習的籃球社與排球社的社員們。

「這、這是……」

當士道目瞪口呆時，琴里輕輕聳了聳肩。

「邀請的人又去邀請別人……結果就來了這麼多人——我沒有小看十香的意思，不過十香比我們認為的還要受大家喜愛呢。」

士道聽不清琴里後半段說的話。

這也難怪。因為當十香揮著手走進會場，歡呼聲又更宏亮了。

「唔喔喔！十香——！」

「恭喜妳恢復健康——！」

「我喜歡妳——————！」

體育館掀起宛如偶像演唱會的歡呼聲。順帶一提，最後的吶喊聲是之前的同學殿町宏人發出來的，結果馬上被他旁邊的藤袴美衣揍了一拳。

「謝謝大家！我好想你們喔！」

十香大幅度地揮動雙手，用全身回應大家的歡呼聲後，穿過體育館中央打造出來的通道，坐在準備好的座位上。

「士道，我們也就位吧。」

「嗯，好。」

士道與琴里看到十香就座後，便繞到折紙等人的座位附近。

體育館裡裝飾著可愛的手工紙花、用摺紙做成的紙環等。講臺上黏著寫了「恭」、「喜」、「畢」、「業」的五顏六色的字板。大概是四糸乃她們裝飾組做的吧。

與其說是嚴肅的畢業典禮，更像是充滿手工感的慶生會——不過，這個場合反而更適合那樣的感覺。士道與四糸乃四目相交後，對她豎起大拇指。於是，四糸乃難為情地羞紅了臉頰，也豎起大拇指回應士道。

『——呃～～請肅靜。感謝各位的出席。那麼，現在開始舉行夜刀神十香小型畢業典禮。』

擴音器傳來這樣的聲音。士道望向講臺側邊，便看見麥克風前站著〈拉塔托斯克〉副司令神無月恭平。當然，他現在穿的不是軍服，而是做工精細的深色西裝。

「——呀～～！恭恭好帥～～！」

漸漸安靜下來的會場突然響起這樣的聲音——位於觀眾席的岡峰，更正，是神無月珠惠老師發出尖叫。看來神無月在家被喚作恭恭。

「啊……」

格外響亮的聲音令發出聲音的珠惠本人不好意思得羞紅雙頰。不過，神無月一點也不覺得害臊，回應：「謝謝，我的小甜心。」結果受到來自觀眾席的打氣與揶揄。

『謝謝各位。那麼，接下來請來賓代表獻上賀詞——』

就這樣，十香的畢業典禮開始了。

話雖如此，也不是什麼特別講究形式的環節。說是來賓代表獻上賀詞，其實也就只是想上臺的人依序上臺，講述跟十香的回憶、唱唱歌、跳跳舞，各自表演節目而已。與其說是獻上賀詞，說是餘興節目更為貼切吧。最後是餐飲店老闆宣傳店家。看來下星期要出新菜單了，十香聽了嚥了口口水。

於是，時間在熱鬧非凡的氣氛中流逝——

『——那麼，接下來頒發畢業證書。有請我的小甜心——不對，是神無月珠惠老師上臺。』

主持人神無月催促珠惠上講臺。於是，珠惠肩膀抖了一下，動作宛如機器人般僵硬地走上講臺。看來是由前班導珠惠來代替校長頒發畢業證書給十香。原來如此，這人選令人心服口服。

『那麼，畢業生夜刀神十香同學。』

「嗯！」

十香發出宏亮的聲音，沒有露出一絲緊張的情緒，直接走上講臺。

然後十香與珠惠在臺上面對面。珠惠拿起講桌上準備好的畢業證書，朝麥克風發言：

『呃……畢、畢業證書。夜刀神十香同學，以此證明——』

然而，緊張的珠惠還是大聲唸出內容，不久卻開始參雜吸鼻涕的聲音。

『嗚……！呃……不、不豪意滋……一想到……夜、夜刀神同學……能豪豪畢業……嗚、嗚嗚……』

珠惠臉皺成一團，落下斗大的淚珠。大概是怕弄髒畢業證書，只見她後退一步才擦了眼睛。

「小珠老師……」

士道見狀，瞇起雙眼。大約一年前，十香從這個世上消失後，不得不以因為健康問題必須休學來處理——但不知道實情的珠惠十分擔心十香的身體狀況。

「小珠老師，妳沒事吧？不要哭。」

「對、對不擠……可、可能沒棒法……」

十香一臉憂慮地彎下身撫摸珠惠的背，珠惠便萬分感動地哭得更激烈了。

不過，大概是考慮到這樣下去無法結束畢業典禮，珠惠用手背擦眼睛，一邊指向觀眾席。

「——麻防五河同學……」

代、代替偶……邦發畢業證書給夜刀神同學……」

「…………咦！」

突然被指名，士道不禁發出錯愕的聲音。

「我、我嗎？為什麼……讓其他老師來比較──」

當士道感到驚慌失措時，背突然被人拍了一下──是琴里。

「有什麼關係。去吧，哥哥。」

說完露出愉快的笑容。不，不只琴里，坐在來賓席的前精靈少女們也都像在鼓勵他似的點點頭。

「呵呵，小珠也挺上道的嘛。」

「首肯。沒錯，我想不到比士道更合適的人選。」

「唔嗯。加油吧，郎君。」

「大家……」

士道依序望向大家的臉，最後看向講臺上的十香。

「…………」

十香一語不發，但朝他用力地點了頭。

士道見狀，終於下定決心。他深呼吸了一口氣，大腿使勁，慢慢從椅子上站起來。

「──我知道了，我就接下這個任務吧。」

士道回應珠惠後，會場便掀起雷動的歡呼聲。

「喔喔喔喔喔！好耶～～！上吧～～！」

「五河同學，加油～～！」

「可惡～～！直到最後還是搶盡了風頭～～！」

「什麼好處都讓你占盡了，太奸詐啦～～～～！」

「去死吧～～～～！」

「喂，最後那個不是在幫人加油吧！」

士道朝來賓席吼回去，接著與被神無月攙扶下臺的珠惠交換，走上臺。

然後隔著講桌與十香面對面。

「──呵呵，感覺好奇妙喔。」

「……嗯，就是說啊。」

士道聳著肩說道，十香便莞爾一笑。

「不過……不知道為什麼，感覺我內心深處就期待這種畫面──拜託你了，士道。」

「十香──」

士道聞言，用力地回應「好」之後，模仿剛才的珠惠拿起畢業證書，朝向麥克風。

接著吸了一大口氣，大聲說道：

『──畢業證書。夜刀神十香同學，以此證明妳修完本校普通科規定科目！』

於是，十香像是用全身感受這句話似的垂下目光，緩緩伸出手，從士道手中接過畢業證書。

「恭喜妳，十香。」

「嗯，謝謝你，士道。」

十香一臉欣喜地微笑後，舉起剛才從士道手中接下的畢業證書秀給大家看。

「大家！我成功畢業了！」

「「——喔喔喔喔喔喔喔喔喔喔喔喔喔喔喔喔喔喔喔喔喔！」」

震耳欲聾的歡呼聲籠罩整個體育館，震動玻璃窗，天花板微微嘎吱作響。

真的是直到最後一刻都是打破常規的畢業典禮。士道不禁笑逐顏開，用力鼓掌祝福十香。

「……嗯？」

就在此時，士道眉毛抽動了一下。因為琴里不知何時跑到講臺下方，對他輕輕招了招手。

「琴里，有什麼事嗎？」

士道彎下腰，將臉湊近琴里問道。由於歡呼聲太過響亮，不這麼做就聽不到彼此的聲音。

「——這個。難得有機會，順便唸一下吧。」

琴里稍微提高音量，從口袋拿出一個信封遞給士道。

「這是……」

封口早已打開。士道拿出裝在信封裡的紙張，看向紙面——

「……琴里，我說妳啊。」

他微微一笑，瞇起眼睛望向琴里。琴里露出惡作劇般的笑容回應：「挑這個時間點再適合不過了吧？」

士道拿著那張紙直接站起來，興奮尚未冷卻下來的體育館內再次響起聲音：

『——夜刀神十香同學！』

「嗯？」

擴音器傳出微微混著雜音的宏亮聲音，會場中的視線全都集中在士道身上。

士道感受著舒適的緊張與高昂，流暢地唸出手中紙張上記載的文字。

『——特此通知妳錄取彩戶大學社會學院！彩戶大學校長，大道寺政景！』

然後像剛才的十香一樣高舉手上的紙——彩戶大學的合格通知書。

經過短暫的寂靜後——

今天最震天價響的歡呼聲撼動整個體育館。

◇

「——好～～！大家，再靠近一點！最邊邊的人出鏡嘍！啊！不行喔，美九小姐，我是說了靠近一點，但禁止觸摸！」

士道等人聽從指示將身體挨近，數百人擠得像沙丁魚一樣。感受周圍傳來猶如尖峰時間搭乘電車的壓力，士道不禁露出苦笑。

話雖如此，這也無可奈何。在熱烈非凡的氣氛中結束畢業典禮的士道等人決定以十香為中心拍攝紀念照——但人數太多，用普通的拍攝方法無法將所有人拍進去。

士道一行人目前已離開體育館，聚集在來禪高中的校園。

大家的視線正望向校舍的頂樓。因為神無月站在那裡舉著大型照相機，利用肢體動作對大家下達指示。

「啊～～很好很好！感覺不錯喔，各位！啊啊，中心的擁擠程度真是令人受不了啊！好想被擠來擠去喔！學生時期因為太想在塞滿人的電車裡被擠得死去活來，便故意就讀離家很遠的學校！我就是這樣的神無月恭平！」

神無月以開玩笑的語氣逗笑大家。大多數的參加者似乎都以為是玩笑話，只有〈拉塔托斯克〉的相關人員露出乾笑，覺得有可能是事實。

「那我要拍了喔！啊，十香小姐，把畢業證書再攤開一點！」

「唔，這樣嗎？」

十香遵從神無月的指示，舉起畢業證書。不過因為空間不夠，沒辦法順利攤開。於是，她發出輕聲低喃。

「士道，抱歉，幫我拿一下那邊。」

「沒問題……不過這樣感覺連我也一起畢業了。」

「呵呵，有什麼關係呢。我算是多虧了你才能畢業啊。」

十香面帶微笑說道。於是，士道微微露出苦笑，拿著畢業證書的右端，朝相機攤開。

「啊啊，很好！就保持這樣——」

就在即將按下快門時——

「我說，士道。」

十香發出只有旁邊的士道才聽得見的聲音，呢喃般說道。

「嗯，怎麼了？」

「——我最喜歡你了。」

「咦？」

就在這一瞬間，神無月按下快門——

拍下的紀念照中，所有人都露出滿面笑容，只有士道一人呈現目瞪口呆的模樣。

三人組八舞

TriadYAMAI

DATE A LIVE ENCORE 11

「………………………………啥？」

停頓了整整十秒——

五河士道發出錯愕的聲音。

遇見完全出乎意料的事態時，人一時之間會反應不過來。

為什麼會發生這種事？那個又是什麼東西？究竟該如何應對才好——大腦試圖從過去的記憶或經驗導出解答，卻超出負荷。

士道也不例外，佇立在原地片刻。

不過，這也難怪。要是遇到和士道同樣的狀況，任誰都會做出類似的反應。

畢竟——

「苦笑。哎呀，許久未見，你這是什麼反應啊？虧我今天還特地精心打扮得漂亮一點呢。——呵。不對，我反而應該覺得走運。因為想必只有我能讓你露出這個表情和反應吧。」

——絕對不可能出現在現場的人物就站在那裡。

那是一位比士道高挑的美女，手腳修長，比例宛如超模一樣出眾。可愛與精悍並存的端正面容，如今染上淘氣的笑容。

沒錯，不可能會錯。
士道的確知道她的名字。
「八……八舞……？」
士道用難以置信的語氣呼喚她的名字。
「回答。是啊，我好想你呢，士道。」
於是少女——風待八舞露出天真無邪的笑容如此回答。

◇

「盟約時刻來臨！電腦天使彈奏出毀滅之序曲！新的戰場等待著汝！若渴求榮光，便快速牽起吾之手！」
令人震驚的重逢發生的前一天，在彩戶大學的校園中。
當士道看著手機確認課題時，前方突然傳來這樣的聲音。
熟悉的嗓音、獨特的措辭——根本用不著確認是誰。士道慢慢抬起頭，回答：
「是喔，遊樂場進了新的機臺嗎？好啊，我明天有空，就去吧。」
「喔喔！」

士道說完，站在那裡的人便一臉吃驚地瞪大雙眼吶喊。

那名少女頂著一頭漂亮的編髮，長相看起來很活潑，全身穿著以黑色為基調的衣服，戴著銀飾。

她是八舞耶俱矢，曾經與士道並肩作戰的前精靈，同為就讀彩戶大學的一年級生。

「竟、竟然能如此若無其事地解讀吾之真言……士道，汝在不知不覺間本領見長了呢。」

「沒有啦，畢竟認識很久了，大概猜得出來……應該說，既然妳自己也知道別人聽不懂，幹嘛不一開始就正常說話。」

士道苦笑著說道，站在耶俱矢身旁的少女便一臉感慨地盤起胳膊。

「讚賞。剛才那是耶俱矢語準一級程度的問題，沒想到士道竟然對耶俱矢語如此純熟。夕弦也覺得很驕傲……呢。」

說完，夕弦「嗯、嗯」地點了點頭。

她是耶俱矢的雙胞胎姊妹八舞夕弦，雖然長得跟耶俱矢一模一樣卻與她呈對比，穿著馬卡龍色的襯衫與長裙，所以比高中時期更容易分辨。

「複雜。不過，因為不用翻譯了，也感到有一絲寂寞呢。這就叫工作被搶了嗎？那只好請你負起責任，當夕弦的長期飯票了。」

「妳少趁亂夾帶私心喔！」

聽見夕弦說的話，耶俱矢發出高八度的聲音吐槽。於是，夕弦勾起嘴角笑道：

「公布。折紙大師親自傳授出其不意STRAWBERRY WORD。在對話中加進令人小鹿亂撞的發言，讓對方在意自己。不過，據說用太多次的話會像二亞一樣，說什麼聽起來都像在開玩笑，最好不要濫用。」

「原、原來如此……」

耶俱矢快速在手機的記事本記下夕弦這番話，不過又立刻肩膀一抖回過神，大動作擺出帥氣的姿勢。

「總、總之！盟約已締結！當太陽於頭頂閃耀時，於鐵馬聚集之要衝獲得水神的庇佑吧！」

「嗯，十二點在車站的噴水池前集合吧。了解。」

「指摘。剛才那是準二級的問題呢。對現在的士道來說未免有些太簡單了吧？」

「少、少囉嗦！話說，我從剛才就在想，那些等級是怎樣啊！不要隨便替別人的說話方式分等級好嗎！」

「……！慌亂。剛才那是什麼意思？竟然連母語人士夕弦也無法理解……也許是特殊的俚語。請不要在公眾面前說不堪入耳的話。」

「我只是普通地在說話啦！」

耶俱矢大叫，搖晃夕弦的肩膀。夕弦被晃得腦袋前搖後擺，還是忍不住噗嗤一笑。

「哈哈……」

兩人上了大學還是老樣子。士道心裡湧上莫名的感慨，不禁莞爾一笑。

——他心想這兩人在往後的漫長人生中，不管遇到任何事，應該也會一直像這樣打打鬧鬧下去吧。

士道的思緒並沒有被兩人猜中，只是似乎不小心表露在臉上了。耶俱矢與夕弦一臉疑惑地望向士道。

「……你那溫暖的眼神是怎樣？」

「奇怪。那副表情就像望著孫子的祖父一樣。」

「沒有啦，沒事——明天十二點見，對吧。」

士道敷衍地說道，兩人雖然露出懷疑的表情，還是回答：

「正是。千萬別遲到喔。」

「又及。要是遲到一秒，你跟我們兩人相處的時間就少一秒嘍。」

「或許是這樣沒錯，但以一秒為單位，未免太嚴格了吧……」

士道苦笑著說。

於是，兩人無奈地聳了聳肩。

「呵呵，汝似乎不明白時間的重要性。八舞總是不斷在進化。」

「贊同。若是太過悠哉，可是會錯過夕弦兩人寶貴的瞬間喲。敬請期待明天嶄新的我們。」
耶俱矢與夕弦擺出左右對稱的帥氣動作後，就這麼在校園中奔馳。
「嶄新的耶俱矢與夕弦啊……」
雖然表達得有點誇張，也不是不能理解她們所說的。
士道再次認知必須好好感受每一天——但還是先回到確認課題這件事。

◇

「——這也未免太嶄新了吧！」
隔天，在站前廣場的噴水池前。
回過神來的士道望著出現在眼前的少女並大喊。
四周的路人對他投以好奇的目光，但如今他根本沒有心情在意周圍人的視線。
因為出現在他眼前的——是不可能存在於這世上的少女。
「微笑。朝氣蓬勃是件好事。不過，一開始就這麼情緒高漲的話，應該一下子就會耗盡體力了喲。」
少女眨了眨眼說道。這個舉動雖然做作，但不知是因為她身材高挑還是雙眸清澈，倒是挺像樣的，令身為男人的士道不禁小鹿亂撞了一下。

八舞，風待八舞。

士道曾見過「她」一次。

今年三月，突然出現一名神祕的精靈〈野獸(Beast)〉。與她戰鬥時，暫時奪回靈魂結晶的八舞姊妹完全融合後所呈現的模樣，便是風待八舞。

不過，靈魂結晶隨著〈野獸〉返回她原來的世界再次消失。耶俱矢與夕弦各自恢復原狀，照理說「風待八舞」的身影將永遠不復存在。

「思索。啊啊，對喔。」

當士道啞然失色，目不轉睛地從八舞的頭頂打量到腳尖時，八舞像是察覺到什麼似的張開雙手。

「別客氣，過來吧。」

「咦……？」

士道發出錯愕的聲音，八舞便一臉疑惑地歪過頭。

「疑問。哎呀，我本來想用擁抱來表達我倆重逢的喜悅，難道我弄錯了嗎？」

「重點不在這裡吧！為什麼妳會變成風待八舞的模樣啊？」

「理解。啊啊，你是說這件事嗎——哈哈，我自己也不太清楚，早上醒來就變成這樣了。是因為昨天我們一起睡覺嗎？平常我們都分開睡，不過耶俱矢晚上看了恐怖片，不敢一個人睡。」

「妳們的身體構造是怎樣啦！」

即使士道大喊，八舞也不怎麼在意的樣子，只是一派輕鬆地「啊哈哈」笑道：

「微笑。話說，真的可以嗎？」

「咦？」

「擁抱。」

說完，八舞做出誇張的動作，再次勸說士道。這時，她那想必有超過一百公分的豐滿雙峰波濤洶湧地晃了一下。

「唔……！」

面對甜蜜的誘惑，士道臉頰泛起紅暈，發出低吟。

士道也是個健康的男大生。坦白講，要說沒有一丁點恭敬不如從命就飛撲到她懷裡的心情是騙人的。

不過，這裡人來人往，況且如果八舞的記憶會留在耶俱矢與夕弦的腦海，等兩人恢復時可能會有素材來調侃自己。

「……不、不了……先不要好了。」

然而，當士道以鋼鐵的意志搖頭拒絕後——

「是嗎？就只好由我單方面擁抱你了。」

「咦？」

八舞把手伸過來，下一瞬間，士道的臉便埋進了她的胸口。然後八舞就這麼熱情地緊緊擁抱士道。

「——唔唔唔唔！」

「宿願。啊啊，我也好想你喲，士道。不過，身為耶俱矢與夕弦時，我幾乎每天都有跟你碰面就是了。」

幾十秒後。

士道終於解脫。

「哎呀，抱歉。和你重逢，我太開心了。」

「……沒、沒關係……」

不知是因為窒息或是害羞，還是兩者皆是，士道輕輕拍著漲紅的臉頰抬起頭。

於是，八舞交抱雙臂，大幅度地點了頭。

「——那我們走吧。」

「走……？到底要去哪裡？」

「疑惑。你問這問題可真奇怪。今天我們之所以會碰面，不是為了去遊樂場約會嗎？」

「約會……呃，算是吧。」

士道搔了搔臉頰，又像是重新振作起來似的搖了搖頭，說道：

「不過，還是先通知〈拉塔托斯克〉吧！明明沒有靈魂結晶，兩人卻變成風待八舞的模樣，實在太奇怪了。最好讓他們仔細調查一下……」

「推測。哎，應該不需要太擔心。我猜只要將兩張床併在一起，睡在中間，隔天早上就能分裂成兩個人了。」

「那種珍禽異獸感到底是怎麼回事啊！又不是史萊姆！應該說，如果真如妳所說，才更應該請〈拉塔托斯克〉檢查吧！」

「嗯……」

士道激動地吶喊，八舞便露出有些寂寞的表情。

「可惜。你就這麼不想跟我約會嗎？」

「唔……我、我又沒那麼說。」

「有耶俱矢與夕弦她們兩個人的話，可以享受各種玩法，賺到了欸嘿嘿——像這樣。」

「根本是典型的色胚！」

八舞微微一笑後，露出遙想從前般的眼神。

「百感。畢竟以前沒辦法跟你好好打聲招呼就離開了。像這樣跟你說話，是我夢寐以求的。」

——唉，不知是怎樣的奇蹟或偶然，這個世界滿體貼的，竟然給只能在戰場上相見的我們密會的機會。」

「八舞……」

「我答應你，約會結束後一定會跟〈拉塔托斯克〉報告我的事。所以現在——唯獨現在，能讓我沉浸在這個奇蹟之中嗎？」

「…………」

士道沉默了一陣子後，吐了一口長氣。

然後慢步前進。

「士道——」

「不是要玩新機臺嗎？不快點去的話，搞不好要排隊喔。」

「……！好！」

八舞欣喜萬分地用雀躍的聲音回答後，挽起士道的手臂依偎著他。

「喂、喂，妳會不會黏太緊了啊？這樣很難走路耶，而且感覺大家都在看我們……」

「展示。那就讓他們看啊。還是說，我不配站在你旁邊？」

剛才楚楚可憐的態度跑到哪裡去了？八舞如此說道，露出淘氣的笑容。

「喂喂……」士道苦笑著前往遊樂場。

「唔……！唔喔喔喔喔喔！墜毀吧～～～～！」

士道坐在圓形駕駛艙中，握著操縱桿吶喊。

機關槍的子彈瞄準大型螢幕上顯示的游標，伴隨著轟隆聲與震動射去。

『享樂。不錯嘛。不過，還不夠精準！』

然而，螢幕中央顯示出的橙色機體以令人難以置信的速度旋轉後，避開了士道的機體所發射的所有子彈。

「什麼！」

『終幕——在地獄相見吧，我親愛的宿敵啊。』

這樣的聲音透過通訊器響起的下一瞬間……

螢幕被刺眼的光芒包圍——隨後一陣劇烈的爆炸聲與震動襲向士道乘坐的駕駛艙。

「嗚、嗚哇啊啊啊啊啊！」

螢幕上出現爆炸產生的火焰與煙霧在舞動著，不久後像關機似的轉暗。

接著，中央跳出『ＹＯＵ ＬＯＳＥ』這樣的文字。

「……啊～～又輸了。」

士道放開操縱桿，嘆了一口氣。

沒錯。士道來到車站附近的遊樂場後，與八舞一起享受新出的機器人遊戲……但從剛才就被八舞高超的遊玩技巧壓著打。

耶俱矢與夕弦也很會玩遊戲，但八舞的本領已經達到另一個境界。像最後一戰，士道連一顆子彈都沒射中。

士道解開固定身體的安全帶，打開門，從模擬駕駛艙的機臺出來。

於是同一時間，坐在隔壁機臺的八舞也露出爽朗的笑容開門出來。

「全勝。呵呵，不過你資質也不差呢。只要累積經驗，想必能成為一個優秀的飛行員。」

「……那還真是謝謝妳的誇獎了。不過，我已經戰死三次就是了。」

士道聳肩有些自嘲地說道，八舞便爽朗地笑著說：

「哈哈，說得也是——那麼，也讓你再多表現一點吧。」

「咦？」

「要玩的遊戲已經玩過了，不過你應該還會多陪我一會吧？耶俱矢與夕弦已經來過這裡好幾次，但對我來說是非常寶貴的體驗。我想再多玩一些其他遊戲。」

「原來如此……當然，如果妳不介意，我很樂意陪妳。」

「嗯，感謝你。那麼，我想想要玩什麼……」

八舞環顧四周後，大概是發現了什麼令她在意的東西，只見她快步走去。

「發現。好耶，我早就想玩一次看看了。」

然後，她在以螢幕與圓形手靶構成的機臺——也就是所謂的拳擊機前停下腳步。

「拳擊機啊……說起來，耶俱矢也喜歡玩這個呢。」

「愉快。哈哈，果然我們的嗜好在某種程度上是共通的呢——好了，那我就先玩啦。」

八舞如此說道，將硬幣投進機臺，拿起機臺上的手套戴在手上。

接著壓低重心，擺出姿勢。

感覺比起武鬥家——她擺出的姿勢更像是重視有不有型的格鬥漫畫主角，但不知為何，還挺專業的。

不久，螢幕上顯示出『ＰＵＮＣＨ！』這樣的文字。

「咻——————」

八舞吐了一口長氣，同時拳頭像是被吸進手靶似的出拳。

強而有力的一擊，好像要把手靶的中央打穿。八舞的身體晃了一下，下一秒，破裂聲便響徹四周。

「唔哇……！」

士道不禁按住耳朵，閉上雙眼。數秒後，他戰戰兢兢地望向螢幕。

螢幕上顯示出閃爍的數字『999pt』。

「確認。唔嗯，還不錯嘛。」

「哈……哈哈，真不愧是八舞……」

士道無力地乾笑。

以前封印靈力後的十香曾經打壞拳擊機……而真要說的話，八舞比較像是在控制力道的情況下取得接近最高分的感覺。

「接下來換士道你了。讓我見識見識你帥氣的模樣吧。」

「咦咦……在妳後面玩，壓力很大耶。」

士道苦笑著投入硬幣後，將八舞遞給他的手套戴在右手，擺出預備動作。

然後配合螢幕的指示出拳。

「喝啊！」

發出「砰！」的無力聲響後，螢幕跳出數字『32pt』。不知道是不是心理作用，感覺螢幕上的角色似乎鬆了口氣。

「討喜。哎呀哎呀，這分數還真是可愛呢。」

「少、少囉嗦，是妳太強了啦。」

「哈哈，別鬧彆扭嘛。你是故意讓我的吧？這樣的你也很迷人喲。」

「唔……」

其實士道並沒有讓她，但聽到她以王子殿下般的口吻給他臺階下，便覺得再多解釋就有點不識趣了。於是，士道臉頰微微泛紅，拿下手套。

「提問。接下來要玩什麼——士道，你有什麼想玩的遊戲嗎？從剛才就一直是我在選。」

「咦？唔～～妳突然這麼問我，我也沒什麼想法……」

正當士道環顧四周思考時，八舞突然閉起一隻眼睛，豎起食指說道：

「比如說——對了，你有沒有想跟超級大美女在拍貼機拍照……這種心願呢？」

說完，八舞指向位於遊樂場深處的拍貼機區。

看來她似乎想拍大頭貼。

「…………」

想拍大頭貼這件事本身完全無所謂，但她誘導的方式實在太老練，反而會讓人有些抗拒。再加上剛才玩機器人遊戲時被打得一敗塗地，士道故意移開目光說：

「沒有啊，我才沒那種心願呢～～」

「悔恨。……這、這樣啊……那就……沒辦法了……」

原本充滿自信的八舞突然像洩了氣的氣球一樣意志消沉。

士道本來只是想鬧她一下，沒想到她竟然這麼失落，便湧起了罪惡感。於是他苦笑著朝八舞

伸出手，說道：

「不過，聽妳這麼一說，倒是引起我的興趣了——不介意的話，要不要跟我一起去拍照呢，小姐？」

他自己也覺得可能有點太裝模作樣了。

接著，上一秒還垂頭喪氣的八舞突然莞爾一笑。

「考慮。該怎麼辦呢？因為你似乎是個非常壞心的壞男人呢。」

「！妳、妳這傢伙……」

士道臉頰滴下汗水說道，八舞便忍俊不禁地噗嗤一笑。

「哈哈，我開玩笑的啦——我還不太習慣有人當護花使者，不過如果是你，感覺還不錯。」

她如此說道，牽起士道的手。

儘管士道陷入一種被玩弄於股掌之上的感覺，還是拉起八舞的手走向遊樂場的深處。

不過，就在這個時候——

「——啊啊啊啊啊！果然在這裡～～～～！」

「發現。等了很久都沒出現，原來在這裡。」

士道與八舞的背後傳來兩道人聲。

「……咦？」

士道瞪大雙眼，當場停下腳步，望向後方。

因為那兩道聲音十分耳熟，同時卻也是目前不可能存在於這個世界的聲音。

「明明約好了，你卻一個人先來，太過分了吧！我們一直在等你耶！」

「猜測。難道你是盤算著早一步來練習新遊戲嗎？」

兩名少女一臉氣憤地邊走近邊說道。其中一名少女穿著以黑白為基調的衣服，配戴銀飾；另一名少女則穿著淡色連身裙。兩人乍看之下長得一模一樣，難以分辨。

沒錯，站在那裡的不是別人。

正是八舞耶俱矢與八舞夕弦兩人。

「咦……？奇怪……？啥……？」

士道的表情染上困惑之色，不斷來回望著走向他的兩人的臉。

兩人都是幾乎每天會見面的鄰居兼同學，士道不可能會認錯。

聽她們的口氣，似乎是來這裡尋找沒有在約定場所出現的士道。說話的內容也很合乎邏輯，沒有任何可疑的地方。

——前提是，如果現在握著他的手的少女不在。

「……？話說，跟你在一起的是誰──」

「疑惑。好像不是十香或折紙大師──」

就在這時，耶俱矢與夕弦似乎也察覺到了。

跟士道走在一起的少女到底是何方神聖？

「──嘆息。哎呀，被發現了啊。比想像中還要快呢。」

八舞微微聳肩，露出淘氣的微笑。

看見她的反應──

「什麼──────！」

「唔呀啊啊啊啊啊啊啊啊！」

「戰慄。這究竟──」

除了八舞以外的三個人同時發出尖叫。

「等、等一下！這到底是怎麼回事！妳們是耶俱矢和夕弦──沒錯吧！」

「這、這還用說嗎！看也知道！」

「懷疑。那邊那個人到底是誰啊！」

耶俱矢與夕弦說完，八舞便面向她們，畢恭畢敬地行了一個禮。

「問候。對喔，就某種意義來說，我們算是初次見面吧。我是風待八舞，是八舞耶俱矢與八舞夕弦融合後的樣子。」

「不、不不不不！這我當然知道啊！可是我們在這裡耶！」

「動搖。可是……夕弦不認為她是冒牌貨，怎麼看都是風待八舞沒錯。」

「簡、簡直莫名其妙……到底發生什麼事了？啊！難不成是七罪用〈贋造魔女(Haniel)〉——」

「否定。冷靜一點，耶俱矢。七罪的靈魂結晶也已經消失了，不可能變身才對。」

「對、對喔……可是，那這樣到底是怎麼回事……」

當耶俱矢與夕弦一臉困惑地交談時，八舞突然露出猖狂的微笑，摟住士道的肩膀。

「哇！八、八舞……？」

「放肆。妳們要爭辯是無所謂啦，但可以去別的地方吵嗎？我正在和士道約會耶。」

然後像在挑釁耶俱矢和夕弦，用手指撫摸士道的臉頰。士道覺得很癢，忍不住「呀！」地尖叫出聲。

「什麼……！妳幹嘛亂摸！本宮不會讓汝為所欲為的！」

「氣憤。是夕弦兩人先跟士道約好的。」

耶俱矢與夕弦露出銳利的視線，對八舞擺出戰鬥姿勢。

於是，八舞一臉愉悅地勾起嘴角。

「讚賞。嗯，不愧是『我們』，這樣事情就好辦了——沒錯，我跟妳們誰才是真正的八舞，現在並不重要。精靈、靈魂結晶什麼的，不過是無聊的瑣事。重點在於，今天能跟士道約會的只有一組這個事實。

主張約好今天要約會的有兩組，那麼該怎麼辦呢？既然是『八舞』，該如何決定？」

耶俱矢與夕弦高聲回應八舞：

「這還用說嗎！如果有渴望的東西！」

「呼應。親手贏得，才是八舞流派的做法。」

「開戰。鬥志很高昂嘛，那就開始吧。開始本應不可能存在的八舞之戰！」

——就這樣，在士道目瞪口呆的期間，八舞VS八舞之戰拉開了序幕。

◇

——然後，這場戰爭再過幾分鐘即將告終。

「嗚哇啊……」

士道愁眉苦臉地看著遊戲機臺外部螢幕上顯示的比賽成績畫面。

沒錯。耶俱矢與夕弦所選擇的比賽項目，竟然就是新出的對戰型機器人動作遊戲。也就是剛才士道輸得一塌糊塗的遊戲。

果不其然，結果是八舞大獲全勝。

而且二對一，也給了耶俱矢與夕弦練習的時間，並不存在任何不公平的要素。

「怎、怎麼會……！」

「震驚。夕弦與耶俱矢搭檔，竟然打不贏……」

從駕駛艙出來的耶俱矢與夕弦踉蹌地癱坐在地。士道臉頰流著汗水，嘆息道：

「所以我才叫妳們不要比這個遊戲嘛……」

「……這樣贏了才更有面子嘛！」

「失策。夕弦還以為那句話只是為我們的勝利鋪哏……」

兩人消沉地垂下肩膀。於是，從隔壁駕駛艙內颯爽地現身的八舞撥了撥頭髮，露出爽朗的笑容。

「佩服。不愧是耶俱矢和夕弦，兩人合作無間，讓我挨了四發子彈呢。」

「……那是在誇獎我們嗎？」

「氣憤。感覺是在拐著彎瞧不起我們。」

「我是真心表示讚賞，因為士道最後連一發子彈都沒射中呢。」

「咦！為什麼我連躺著也中槍啊？」

士道瞇起眼睛吐槽後，八舞便開懷大笑，接著面向耶俱矢與夕弦。

「結束。勝負已定，沒意見吧？」

「唔……士、士道……」

「悔恨。不好意思，都怪夕弦兩人不爭氣……」

耶俱矢與夕弦一臉不甘心地握緊拳頭，咬緊牙根。

於是，八舞感興趣地摩娑下巴。

「——話雖如此，只比一項遊戲就決定一切，也不像『八舞』的作風。而且只比一項我也還玩不夠本。」

不如這樣吧——八舞將手朝向兩人。

「提議。機會難得，包含剛才的遊戲在內，我們比五項遊戲如何？當然，妳們一樣可以兩人一組，比賽方式也隨便妳們決定無所謂——還需要我讓什麼條件嗎？」

八舞一副遊刃有餘的樣子說道。

耶俱矢與夕弦露出銳利的視線，當場站起來。

「唔唔……！竟、竟然小看吾等……！」

「應戰。正合我意，我會讓妳後悔剛才不一局定勝負。」

說完，兩人心意已決似的面向八舞。

雖然對於一局定勝負的延長賽有些抗拒，但她們似乎更受不了就這麼輸給風待八舞。

「繼續。哼，那妳們決定接下來要比什麼遊戲。」

八舞悠然張開雙手詢問。

耶俱矢與夕弦同時對望，竊竊私語地商量後，往左右張開手。

「哼，那我就給妳點顏色瞧瞧。第二回合——」

「決定。使用那一區的某種東西來決勝負。」

八舞五回合比賽，第二回合。

角色扮演對決。

「……角色扮演？」

聽見兩人的提議，士道詫異地歪過頭。

「呵呵，汝不知嗎？這間遊樂場有準備拍貼用的各種服裝！」

「說明。挑選各自喜歡的服裝，誰能讓士道較心動就獲勝，是精靈傳統的比賽方式。」

「這、這是傳統嗎……？」

「正是。若包含類似的例子在內，大部分的前精靈應該都有經驗，甚至做得有點超過了。」

「嘆息。你究竟要沉溺於女色幾次才甘心？都說無風不起浪，就是指你啊，士道。」

「我一次都沒有舉辦過那種活動好嗎？為什麼我要挨罵？話說，這比賽的形式跟剛才也差太多了吧！」

士道說完，耶俱矢冷哼一聲，露出狂妄的笑容。

「遊戲已迎來審判時刻，再多說些瑣事便不識趣了。決一雌雄不限單一領域，必須划向悠久的大海才行。」

「啊～～……畢竟認真玩遊戲對決也沒什麼勝算嘛……」

「優秀。不只直譯，竟然連意譯也能解讀出來，已經可以出師了。」

「妳不要自顧自地在那裡表示認同啦！」

「總之！」耶俱矢重新打起精神說道，豎起手指猛然指向八舞。

「挑選喜愛的服裝，前往那邊的更衣室換裝便可。反正，本宮不認為汝敵得過熟知士道喜好的吾等就是了！」

「嗯——好耶，有意思。我也喜歡這種比賽方式。」

不過，八舞一點都不慌張，開心地選好服裝後便走進更衣室。耶俱矢與夕弦也選好服裝，消失在簾子的另一端。

於是，士道就這麼無所事事地過了幾分鐘。

「——呵呵！降臨的時刻來到！」

「展示。新生夕弦&耶俱矢如彗星般誕生。」

耶俱矢與夕弦高聲說道，同時走出更衣室。

「喔、喔喔……！」

士道見狀，不禁雙眼圓睜。

耶俱矢身穿黑色服裝，最大的特徵是有如蝙蝠的羽毛與尖角。

夕弦則身穿白色服裝，最大的特徵是有如天鵝的羽毛與頭上頂著一圈光環。

沒錯。耶俱矢與夕弦利用二人組這項優勢，展現出天使與惡魔的組合。

雖然可愛，但大膽地露出背部與肩膀，這設計實在「很懂男人心」啊。士道有些不知道該看哪裡，臉頰微微泛起紅暈。

「呵呵，看來反應非常好呢。」

「當然。比魅力，夕弦兩人怎麼可能落於人後——」

不過，兩人自信滿滿的話語突然中斷。

理由很單純。因為隔壁更衣室的簾子被拉了開來，出現八舞的身影。

「冒昧——本來想要酷的……唔嗯，真傷腦筋呢。」

說完，八舞露出苦笑。

「什麼——！」

「慌亂。這是……！」

耶俱矢與夕弦看見八舞的模樣，表情透露出戰慄。

不過，這也理所當然。因為八舞身上穿的是平凡無奇的來禪高中制服（不知道為什麼遊樂場會有這種東西）——

但顯然尺寸並不合身。

襯衫胸前的鈕釦扣不上，好不容易扣起來的上下鈕釦也因為內部的暴力而微微顫動。裙子勉強穿了上去，但明顯長度很短，健美的大腿從裙子下襬大膽地露出來，感覺只要稍微動一下就會看見內褲。

青春洋溢的健康美與震撼心靈的悖德感。本應相反的兩種風情同時並存，令人震驚不已。

「哎呀，我試著努力過了，但這似乎是極限了。沒辦法，只好用這副模樣接受評定了。」

「「…………」」

八舞說完，耶俱矢、夕弦與士道沉默了片刻。

數秒後，耶俱矢不等士道評定，直接語帶哀號地說道：「下、下一回合！」

最新機種

八舞五回合比賽，第三回合。

節奏遊戲。

緊接著耶俱矢與夕弦指向節奏遊戲的機臺。

螢幕上顯示上下左右的箭頭，按照箭頭踩踏腳墊上的按鈕，是正統型的機種。

順帶一提，三人已換回原本的服裝。耶俱矢與夕弦以一副「不能再讓這頭猛獸暴露在士道的眼前了……！」的態度，把八舞押進更衣室。

「節奏遊戲啊……突然又回到正統的對決了啊。」

「唔、唔……餘興就到此為止。」

「修正。一決雌雄果然還是需要明確的基準。」

耶俱矢與夕弦如此說道，兩人臉頰上有斗大的汗珠閃耀著；而士道也有所謂的惻隱之心，並未揭穿這件事。

「不過，這項遊戲確實是妳們的強項呢。」

「呵呵，正是如此！吾等的成績在前精靈當中也算是數一數二的！」

「自負。能與我們平分秋色的，頂多只有折紙大師。」

士道說完，耶俱矢與夕弦便胸有成竹地盤起胳膊，挺起胸膛。

「咦？可是，這個遊戲要怎麼二對一對戰？是有兩個機臺擺在一起方便兩人對戰沒錯……」

士道微微歪過頭。這個遊戲原本就不是設定為一對多的玩法。就算想要兩人使用一個地墊，這樣反而很難抓到節奏吧。

不過，耶俱矢與夕弦早就預料到士道會問這種問題似的點了點頭。

「當然，對戰是輪流進行。我跟八舞比一次，再來是夕弦跟八舞比一次！」

「無懼。雖說是遊戲，運動量卻出乎意料地大。跳完一首曲子後，她真的能跳出比夕弦更正確的舞步嗎？」

說完發出「呵呵呵……」的笑聲。那副模樣與她說的內容相輔相成，簡直就像反派一樣。

「啊～～……」

哎，雖然感覺有點狡猾，但說到底本來就是八舞提議的規則，她應該不會反對吧——

正當士道思考著這種事情的時候，八舞若無其事地向前踏出一步。

「否定。我說過了吧？二對一無所謂。」

「啥……？汝說什麼？」

「指摘。這個遊戲無法三人同時——」

「——所以，妳們兩人的成績加起來，跟我的成績相比就好了。」

「「…………………………啥？」」

士道等人目瞪口呆，八舞便將硬幣投進機臺，啟動遊戲。

——左右兩臺同時。

「啥……！汝、汝這是在做什麼！」

「慌亂。難不成——」

遊戲就在耶俱矢與夕弦發出驚慌失措的聲音時開始了。

擴音器播放出快節奏的曲子，同時螢幕上跳出無數箭頭。

「躍動。呼——！」

八舞輕輕微笑後，當場輕盈地跳起——

以飛快的腳步同時踩踏兩個並排在一起的跳舞墊。

「什麼……！這這這這是怎樣！她的腳是怎麼弄的！」

「驚愕。怎麼可能兩個同時正確踩中——」

兩邊的螢幕卻與夕弦說的話完全相反，不斷跳出『ＥＸＣＥＬＬＥＮＴ！』這樣的字。

兩人呆若木雞地注視著這幅光景，不久後，曲子播放到尾聲——

「完成。——結束。」

八舞擺出最後姿勢的瞬間，不知何時聚集在周圍的觀眾發出盛大的歡呼聲。

八舞五回合比賽，第四回合。

保齡球。

「接、接下來移動到隔壁的娛樂區比保齡球……！這才是本宮的看家本領！覺醒吧，傳說的煉獄手甲……！」

耶俱矢一邊說一邊戴上不知從哪裡掏出來的黑色專用護具。好像是以前跟士道去打保齡球時買的，並不是什麼稱得上傳說之類的東西。

保齡球的確也是耶俱矢與夕弦擅長的領域……但她們的表情已經看不見絲毫的從容。整張臉冒著冷汗，警惕地瞪著八舞。

相反地，八舞則是老神在在的樣子，愉悅地哼著歌並挑選保齡球。

「……呃，為了保險起見，我姑且問一下，保齡球也是二對一……」

士道搔了搔臉頰詢問後，耶俱矢與夕弦便對他投以「用不著你說」的視線。

「當然是用吾等加起來的成績來決勝負……！」

「說明。就算風待八舞全都打出全倒，也不可能贏過我們兩人相加的成績……！」

兩人已經顧不得面子，眼球充血。直到剛才反派還有幹部等級的威嚴，現在則是小嘍囉之類的等級。

「……嗯～～」

士道面有難色地交抱雙臂。

兩人說的確實沒錯，但不知為何，完全想像不出八舞敗北的畫面。

「——開始。那由我先打可以嗎？」

八舞一派輕鬆地說完，便拿起保齡球走向球道。順帶一提，她選的球是一排當中最重的。

「呼——」

八舞短短吐了一口氣，同時扔出手中的球。

球在空中停頓了一下，朝球道中央筆直地前進後，完美地將所有球瓶撞飛。打出一記精彩的Strike。

然而不只如此。被球撞飛的兩支球瓶竟然飛到左右兩邊的球道，將擺放在那裡的所有球瓶撞倒。

「「…………」」

士道與耶俱矢、夕弦一起呆愣地注視著那個場面，有種莫名的感慨：「原來Three Strike這個詞彙也能用在棒球以外的運動上啊……」

八舞五回合比賽，第五回合。

桌上曲棍球。

「……好了，最後的對決是……」

「……覺悟。桌上曲棍球。」

感覺已經變得十分憔悴的耶俱矢與夕弦氣若游絲地如此說道。

不過，見證整個比賽過程的士道也不是不了解她們的心情。耶俱矢與夕弦算是很擅長玩遊戲……但風待八舞已經不能歸類在「強」這類等級，說是昇華到另一個境界也不為過。

「可是，最後的比賽還算滿公平的……」

士道俯視發出低吟般的聲音的桌上曲棍球檯，如此說道。

雖說的確有二對一這樣的優勢，但桌上曲棍球不像保齡球那樣個人的成績有其上限，戰況反而可能比之前的比賽更嚴峻。

「啊啊……嗯。反正不管提議什麼樣的項目，感覺都會被以脫離常軌的方式取勝，所以想說起碼最後一場比賽要不留下悔恨地對決……」

「同意。速度與團隊合作才是夕弦兩人的真正實力。身為風之八舞姊妹，要是連這項遊戲都輸，也束手無策了。」

「原、原來如此……」

士道心想，這該不會也適用於風待八舞吧……但實在不敢說出口。

於是，八舞把玩著擊球器——用來擊打圓盤的器具——勾起嘴角。

「歡喜。——呵，好開心喲。有人竭盡全力來挑戰自己，是多麼令人雀躍的事啊。」

接著她做出沉思的動作後，望向士道。

「提議。——士道，你要不要也接受耶俱矢與夕弦的這份誠意呢？」

「咦？」

「所幸桌上曲棍球可以雙打，一次四個人玩。你一直站在旁邊觀戰也很無聊吧？」

八舞說完，士道一雙眼睛瞪得老大。簡單來說，就是八舞問他要不要跟她組隊參加比賽。

「喂、喂喂……別胡鬧嘍。我怎麼可能跟得上妳們的速度嘛，反而會礙手礙腳——」

說到這裡，士道察覺到八舞的意圖，於是打住話頭。

士道的確會礙手礙腳。不過，這樣也無所謂，應該說這才是八舞的目的吧。

仔細想想，八舞從始至終都維持一貫的態度。如果她的目的是贏過耶俱矢與夕弦，那在最初的遊戲獲勝的瞬間不再進行對決就好了。

沒錯。八舞一直——由衷地享受跟耶俱矢、夕弦兩人玩遊戲。

事到如今就算推翻自己說的話也要請士道加入，不只是為了要讓耶俱矢與夕弦幾分——也是如她所說，希望士道能一起開心地玩遊戲吧。

既然如此，就沒有理由拒絕。士道莞爾一笑，站到檯前。

「——事情就是這樣，妳們兩個。呵呵呵，抱歉啊，最後讓我跟八舞一起將妳們打個落花流水吧！」

「什麼……！喂，這未免太突然了吧！」

「慌亂。不是說好二對一嗎？怎麼反悔？」

沒想到耶俱矢與夕弦強烈地抗議。八舞張開雙手安撫她們：

「我知道這樣很失禮。但相對地，如果妳們在這場最終戰獲勝，就算妳們贏如何？」

「什麼……！」

「動搖。真的嗎……！」

耶俱矢與夕弦驚愕得瞪大雙眼。

也難怪她們會有這種反應。本來以為早已敗北，卻突然看見勝利的可能性。這或許也是八舞的目的吧。

「可、可是，士道他……」

「困惑。這實在是——」

不過，兩人微微皺眉後露出猶豫的表情。

然而八舞不等她們把話說完，便將硬幣投進機臺。

「——開戰。好了，遊戲開始了。我們上吧，士道。」

「好，我隨時ＯＫ。」

八舞與士道拿起擊球器，擺出前屈姿勢。

「唔……！我不管了啦！」

「苦悶。沒辦法，夕弦要拿出真本事嘍。」

於是，耶倶矢與夕弦大概也下定決心了，只見她們同時擺出應戰姿勢。

「——」

八舞愉悅地面帶微笑，滑動手上的擊球器擊打圓盤。

瞬間——

檯上捲起龍捲風。

「嗚哇……！」

不是比喻，也不是開玩笑。當八舞擊打圓盤的瞬間，喀喀喀喀喀叩叩叩叩叩叩叩叩叩叩叩

叩叩——的聲音連續響起，周圍颳起一陣強風。

士道片刻過後才發現那輕快的聲音是三人擊打圓盤的聲音。

理由很單純，因為圓盤的速度太快，士道的眼睛捕捉不到它。

不，正確來說，連八舞的身影也看不太清楚。因為速度太快，甚至看起來像分身成兩個人。

「哇啊啊……」

當士道目瞪口呆無所適從時，突然響起「咯叩！」一聲巨響，三人停止動作。看來圓盤射進了耶俱矢夕弦隊的球門。

「啊啊～～！」

「大意。唔……沒想到是假動作……！」

說完，耶俱矢與夕弦一臉懊悔地皺起臉。順帶一提，士道根本不知道是怎樣的假動作。耶俱矢與夕弦已經不是精靈了，速度卻依然快得驚人。

「激昂。哼，很有一套嘛。這樣才是風之八舞！來吧，讓我見識兩個靈魂的躍動——！」

士道獨自一人呆若木雞，八舞興奮地說完便再次用擊球器用力擊打圓盤。

——十幾分鐘後。

結果桌上曲棍球對決以耶俱矢與夕弦一分都沒得到；八舞大獲全勝收場。

「嗚嘎啊啊啊！好不甘心啊～～！如果那時傳給夕弦就好了～～！」

「……悔恨。如果那時往右移動……」

耶俱矢與夕弦顫抖著雙手發出呻吟般的聲音。也許是心理作用，感覺比跟其他精靈對決敗北時更加懊悔。輸給「自己」果然會很不甘心吧。

反觀勝者八舞，則是面帶燦爛的笑容。她擦拭微微滲出的清爽汗水，吐了口氣。

「爽快。哎呀，真是勢均力敵的比賽啊。結果並沒有非常顯著的差距，有幾次局勢也緊張得令我嚇出一身冷汗呢。雖然可能會變成是在自賣自誇，但不愧是一對好搭檔啊。」

八舞說完，耶俱矢與夕弦更加懊悔似的鼓起臉頰。八舞見狀，爽朗地笑了。

不過，這時八舞像是想起什麼似的，眉毛抽動了一下。

「奇怪。——話說回來，真搞不懂呢。結果妳們一次也沒殺球到士道那邊呢。」

「咦……？是嗎？」

聽八舞這麼一說，士道雙眼圓睜。老實說，圓盤動得太快，他完全沒看見比賽的過程。

「肯定。如果妳們毫不客氣地擊球到他那邊，就算沒得勝，也能追回個幾分吧。究竟是為什麼？莫非是因為自尊心不允許再接受任何讓步嗎？」

「虧我還特意含糊帶過，妳竟然直接挑明說讓步……」

士道瞇起眼吐槽後，八舞便笑道：「哈哈，真是不好意思。」連道歉方式都那麼爽朗。

「嗯……那也算是原因之一吧。」

「苦惱。不過該怎麼說呢……」

耶俱矢與夕弦有些含糊地搔搔頭。

這時，八舞像是發現了什麼而眨了眨眼。

「察覺──難道是……」

「唔……」

她如此說道，冷不防地一把抓住士道的右手腕。

事發突然，士道微微皺起眉頭。

八舞抓手的力道並不強，但是──手腕有點痛。

「士道……你的手腕。」

「啊～～……有點痛。在去碰頭地點的途中，走在我前面的老婆婆突然滑倒，我急忙去扶她

……好像是在那時有點扭到了。」

「……理解。原來如此，所以在玩拳擊機的時候──」

「不過，沒那麼嚴重啦。就是一用力會有點痛的程度……」

「…………」

八舞沉默片刻後，將視線移回耶俱矢與夕弦身上。

「讚嘆。妳們發現他受傷了吧。」

「……就是隱隱約約有感覺到啦。」

「模糊。只是覺得士道的動作有點怪怪的。」

聽了耶俱矢與夕弦這番話——

「……哈哈，哈——」

八舞輕聲笑了笑。

「八舞……？」

「——耶俱矢、夕弦，我以妳們為傲。妳們才配站在士道身邊——祝妳們約會愉快。」

「咦？可是，我們五場比賽都輸了……」

「首肯。沒錯，完全比不過妳。」

即使耶俱矢與夕弦這麼說，八舞依然溫柔地莞爾一笑，面向士道。

「謝罪。……抱歉，士道，我太沉浸於與耶俱矢和夕弦的對決，沒有留意到你。」

「咦？沒那麼誇張啦……」

士道不知所措地說道，八舞便表現得宛如侍奉公主的騎士，單膝跪在士道面前。

然後溫柔地牽起士道的手，在他的手背上落下一吻。

「什麼……！」

面對出乎意料的事態，士道滿臉通紅……明明是個男子漢，心情卻像公主一樣。老實說，心臟怦怦跳個不停。

「咦！妳、妳做什麼啊……！」

「衝擊。學到了……」

耶俱矢與夕弦也羞紅了臉頰，一臉驚愕。

於是，八舞悠然面帶微笑，迅速站起來。

「感謝。今天玩得很開心。士道，耶俱矢與夕弦——『我們』就拜託你了。」

接著她溫柔地這麼說完，離開三人的身邊。

士道、耶俱矢與夕弦只能目瞪口呆地目送她的背影。

然而——

「——八舞！」

僵住片刻後，士道叫住漸行漸遠的八舞。

他自己也不明白為什麼會這樣做，只是覺得此時若是讓八舞就這麼離開，肯定會後悔。

「回答。——有什麼事嗎，士道？」

八舞慢慢回過頭。

士道向耶俱矢與夕弦使了眼色，接著說：

「——抱歉，我還不能讓妳離開。因為我與耶俱矢、夕弦的約會計畫，決定要『和八舞盡情地玩耍』。」

士道說完，耶俱矢與夕弦頓時露出吃驚的表情，但隨後又用力點頭表示同意。

於是八舞瞪大雙眼，微笑道：

「……哦？那你們打算玩什麼？」

八舞歪過頭詢問。

不過，答案早已決定。

「那還用說嗎──大家先去拍大頭貼。」

士道如此回答。

「──噗哈！」

八舞聞言，忍俊不禁地噗嗤一笑。

「斷念。你真是個壞男人呢。虧我本來還打算要帥離開的──聽你這麼一說，我不就非回來不可了嗎？」

她這麼說著，有些尷尬地走了回來。

「「…………！」」

士道、耶俱矢與夕弦會心一笑，向前迎接她。

◇

——就在這時，眼睛睜開了。

「……我怎麼會作這麼奇特的夢啊……」

士道在床上揉著眼睛坐起身，輕觸手機螢幕確認日期與時間。

——沒錯，跟夢裡的日期是同一天。也就是要和耶俱矢與夕弦去遊樂場玩當天。

現在已經十點，雖說是假日，賴床還是賴得有點久……不過這也無可奈何，因為今天作的夢就是這麼長。

「沒想到竟然會夢見風待八舞……」

而且還是耶俱矢與夕弦共同演出的豪華陣容。照理說，根本不可能發生這種事……反正跟夢抱怨也是白費功夫。

況且，若問作的是不是惡夢——絕對不是這麼一回事。

假如風待八舞出現在現世，又和耶俱矢、夕弦碰面——肯定會像夢境裡發生的那樣。

「哎呀，沒時間悠哉悠哉的了……」

約好的時間是十二點。考慮到還要換衣服、吃午餐，時間絕對稱不上充裕。士道急忙離開被窩，下去一樓洗臉。

然後，來到約定的十二點。

「……嗨～～」

「……問候。早安。」

看見出現在碰面地點的耶俱矢與夕弦，士道不禁露出苦笑。

這也難怪。因為耶俱矢與夕弦兩人同時揉著惺忪的睡眼，睡亂的頭髮還剛好翹成左右對稱的模樣。

「妳們兩個是怎麼回事，看起來很睏的樣子。」

「嗯～～……唔嗯，作了個奇妙的夢。」

「碰巧。夕弦也是，作了個非常不可思議的夢。」

「是喔……」

竟然兩人都作了奇妙的夢，真是離奇呢。士道抓了抓臉頰。

不過，總不會像士道作的夢那麼超乎常理吧。畢竟是風待八舞加上耶俱矢與夕弦這種八舞多人夢境。

要是把夢的內容告訴她們，感覺會聽到這種話：「那、那是什麼夢啊，好可怕……」「淫蕩。那是在暗喻性慾呢。」還是不要說出來好了。

「也罷。總之先去遊樂場吧。如果是新遊戲，可能要排隊喔。」

「嗯……說得也是。兵聞拙速。」

「同意。走吧——對了，玩完新出的遊戲後，夕弦有件想做的事情。」

夕弦像是想起什麼似的說道。

這還真是不可思議呢。其實士道也打算拜託兩人一件事。

「嗯，好啊。啊，我也有件事想做就是了——」

「哦？汝也有啊？本宮也有呢。其實本宮——」

「意外。是嗎？夕弦——」

「「——想去玩拍貼機。」」

三人異口同聲說道。

伴侶五河

PartnerITSUKA

DATE A LIVE ENCORE 11

莊嚴的鐘聲響徹藍天。

四周的白鴿彷彿以此聲為信號，同時飛向天空。

緊接著響起輕快的結婚進行曲，身穿純白服裝的一對男女從小教堂走出來。

新郎是〈拉塔托斯克〉副司令，神無月恭平。

新娘則是來禪高中老師，岡峰珠惠（舊姓）。

沒錯。今天是前幾天登記結婚的兩人的結婚典禮。

「小珠！神無月！恭喜你們！」

「岡峰老師……好美喔。」

「唔嗯，真是個可喜可賀的大好日子。」

在小教堂外等候新郎新娘的前精靈少女們給予熱烈的掌聲迎接兩人。

沒錯。現場擠滿了不少新郎新娘的親朋好友，而士道與前精靈少女們也受到小珠老師的邀請，前來增添一點熱鬧。

過去曾就讀來禪高中的士道、十香、折紙、耶俱矢、夕弦，以及狂三。

還有現在正就讀來禪高中的琴里、四糸乃、七罪、六喰、真那。

所有人都穿著西裝或禮服，面帶笑容為兩人送上掌聲。

順帶一提，二亞與美九跟來禪高中沒什麼關係，所以與〈拉塔托斯克〉的船員一起在新郎的邀請下出席。

「呵呵呵～～！謝謝！謝謝大家！珠惠我會幸福的！」

珠惠露出不亞於婚紗的燦爛笑容，朝大家揮手。她從很久以前就渴望結婚，所以想必是更加開心吧。

出席的客人掀起更熱烈的掌聲回應小珠。

不過，有一部分賓客──

「……老師本來就個頭嬌小又娃娃臉，摘掉眼鏡後看起來更嫩了……」

「……嗯。神無月個頭高，兩人站在一起看起來就像犯罪……可以嗎？不會有人報警嗎？」

「沒問題啦。神無月已經習慣了吧。」

「啊！原來真的有人報警喔……」

也是有人像琴里和七罪一樣，臉頰流著汗水，竊竊私語。

「呵呵呵──話說回來，萬萬沒想到岡峰老師竟然會跟神無月先生結婚。老天爺還真是愛捉弄人呢。」

「就是說呀～～不過，岡峰老師穿婚紗好美喲～～啊～～總有一天人家也想穿上婚紗～～」

美九回應狂三後，後方突然傳來「嗯！嗯！嗯——」的含笑聲。

「哎呀哎呀，妳身為國際天后，還不加緊腳步趕進度。」

說完，身穿時髦晚禮服的二亞聳了聳肩。她的臉頰早已染上淡淡的紅暈，腳步也有些不穩。

「……二亞，妳該不會已經在喝了吧？我不是要妳等到婚宴上再喝嗎……」

「好了好了，別在喜慶的場合說這種掃興的話嘛，妹妹。」

二亞說完，爽朗地笑了笑。琴里無奈地嘆了口氣。

「對了，妳說趕進度是什麼意思？」

美九歪頭詢問後，二亞便揮了揮手回答：

「嗯～～？就是字面上的意思啊。因為小美妳已經到了可以結婚的年齡吧——應該說，現在是大學生的十香她們也一樣，高中組也快到了吧？結婚其實並不是那麼遙遠以後的事喵？雖說現代人較晚婚，如果有目標人選，不快點出手的話可能會被人搶先一步喲～～啊，當然我也是啦！肉體年齡正值風華的二字頭！I am適婚期！實際年齡？妳猜啊……」

二亞「啊哈哈」笑道。看來她已經酩酊大醉了。

「「…………」」

不過，聽完她這番話，周圍的前精靈少女們同時像是陷入沉思般一語不發。

二亞只是隨便說說罷了。就算法律上可以，學生結婚——尤其是高中生結婚是非常少有的例子。多半是因為黃湯下肚與現場的氣氛讓她脫口說出玩笑話吧。
不過，二亞這番話卻讓前精靈少女們的腦海裡萌生一種可能性。
「結婚啊……」
「我本來覺得是很久以後的事……」
「不過聽她這麼一說……」
「的確是已經可以結婚了呢……」
「……可是，我還是沒有什麼實際的感受。」
「我倒是隨時都做好萬全的準備了。」
「讚賞。不愧是折紙大師。」
「但突然對我們這麼說……」
「唔嗯……若是要和人成親……」
「對象是──」
所有人喃喃自語，將視線挪回穿著婚紗的小珠身上。
「「…………」」
然後，少女們同時開始想像。
如果站在那裡的是自己。

如果穿著那件婚紗的是自己。
究竟會度過怎樣的新婚生活呢？
而自己身旁的伴侶會是——

◇

「——我回來了～～」
晚上七點，玄關傳來這樣的聲音。
在廚房準備晚餐的五河四糸乃關掉爐火後，走向玄關。
「親愛的，你回來啦。」
「嗯。」
穿著圍裙的四糸乃面帶笑容出來迎接後，身穿西裝的丈夫——五河士道便輕輕點了頭，脫下鞋子，快步走向盥洗室。
接著迅速洗手、漱口後，再次回到玄關，緊緊擁抱四糸乃。
「啊～～……好～～療～～癒～～啊～～」
「呀……親愛的，你真是的。」

四糸乃儘管露出苦笑，還是依偎在士道的胸膛。感覺士道加重了手臂的力道。
這個擁抱已經像是每天的慣例。士道最最最喜歡四糸乃了，出門工作前離情依依，回家時則是欣喜重逢般緊緊抱住四糸乃。
其實回家時一打開玄關，士道就想立刻擁抱她，然而要是感冒病毒因此附著到她身上就不好了！所以才會像這樣洗漱完畢後再刻意回到玄關。這一點也很符合士道守規矩的個性，令人會心一笑。
順帶一提，現在四糸乃的左手並不見夥伴「四糸奈」的身影。
她白天總是會一邊打開話匣子一邊幫忙做家事，最近卻說：「四糸奈可不是那種會打擾新婚夫妻浪漫夜晚的不識趣兔子喔～～」一到黃昏就會跑到客廳的兔子窩就寢。士道跟四糸乃都說了他們並不在意，但這隻兔子還真是體貼。
「……呼，充電完畢。」
「呵呵，今天也辛苦了。」
過了一會，士道吐了口氣。四糸乃則是面帶微笑繼續說道：
「晚餐也差不多要做好了，怎麼樣？你要先洗澡嗎？」
「嗯……也是可以啦，不過要先……」
士道瞇起眼睛，撒嬌似的發出聲音。

這時，四糸乃想起還有一個尚未完成的例行問候。

她抬起視線望著士道苦笑。

「真是的，都這麼大了還這麼愛撒嬌。」

「畢竟～～我已經快半天沒見到妳了耶。我要寂寞死了。」

「太誇張了啦——那麼，再次歡迎你回家。」

四糸乃呵呵笑了笑，臉頰微微泛紅——朝士道的嘴脣親了一下。

沒錯。這便是五河家的另一個慣例，回家之吻。

「嗯～～——」

士道開心地扭動身體，再次緊抱住四糸乃後才終於滿足地放鬆力氣。

「啊～～起死回生了。那我先去洗澡好了。」

「好的。我去幫你準備換穿的衣服。」

「——啊，我們好久沒一起洗澡了，要一起洗嗎？」

「討厭啦。我還要準備晚餐，沒辦法。」

「怎麼這樣……」

士道再次進入撒嬌模式。四糸乃摸著他的頭，苦笑道：「好乖好乖。」

「我準備好晚餐再去幫你洗背，你先去洗吧。」

「好耶！」
四糸乃說完，士道露出天真無邪的微笑，快步走向浴室。
四糸乃望著他打從心底感到開心的背影，一臉無奈卻又幸福地笑了。

位於天宮市東天宮住宅區的五河家。
一樓的客廳一如往常過著平靜的時光。
士道坐在沙發上看雜誌。
妹妹琴里同樣坐在沙發上玩手機。
持續了好幾年的假日光景，平凡卻寧靜的日常一頁。
——不過，現在這裡的風景明顯與昔日有些不同。
「嗯……」
琴里將手中的手機放到桌上後，從沙發上站起來。
「我要喝茶，你呢？」
「好，我也來一杯吧。」
琴里詢問後，士道便抬起落在雜誌頁面上的視線，如此回答。

琴里微微抬起手回應士道，接著走向廚房泡茶，然後回到客廳。

「……………」

她將放著茶壺、茶杯與點心的托盤擺到桌上後，猶豫了片刻，坐到士道的旁邊，而不是剛才所坐的位置。

「琴里？」

士道一臉疑惑地瞪大雙眼。於是，琴里撇開臉，不讓士道發現自己羞紅的臉頰。

「有、有什麼關係嘛，我們——是夫妻啊。」

然後以微微顫抖的聲音如此說道。

沒錯。她至今還不習慣這個稱呼。

因為士道與琴里前幾天才提交結婚申請書。

士道莞爾一笑，摟住琴里的肩膀將她拉向自己。

「嗯，說得也是。」

「…………！」

面對士道突如其來的舉動，琴里的臉頰更紅了，她不禁低下頭。

「妳看這個，妳覺得哪裡比較好？」

「……咦？」

被士道這麼一問，琴里抬起視線後才明白他指著雜誌的頁面。

——婚禮雜誌的婚禮場地特輯。

「啊～～……婚禮啊。」

「嗯？妳不想辦嗎？」

「不是這樣啦……」

琴里額頭冒出汗水，搔了搔臉頰。

「十香她們和〈佛拉克西納斯〉的船員已經知道我們結婚的消息，倒是無所謂……但我想學校的朋友應該會大吃一驚吧……」

「那又怎樣，沒有血緣關係的兄妹結婚，在法律上又沒有問題。而且——」

士道勾起嘴角，聳了聳肩。

「我們早就告訴最吃驚的那兩個人了吧？」

「啊～～……」

聽了士道說的話，琴里露出乾笑。

沒錯。時間回溯到一個月前。父母從海外回來時，士道站在一生一次的大舞臺上。

『——爸爸、媽媽，請讓琴里……不，請讓琴里小姐和我結婚……！』

士道穿著西裝，表情緊張地對父母這麼說的瞬間，不知為何琴里感動萬分，淚流不止。

父母親一開始非常為難——但大概是感受到兩人心意已決，不久便允許兩人結婚。

的確，一想到向那兩個人報告結婚消息的情形，其他便都是些微不足道的小事吧。

「還是說，妳現在才在意起別人的目光？」

士道調侃似的說道。

琴里呵呵一笑，回答：「開玩笑。」

「我像是會在意那種事情的人嗎？我反倒還比較關心你的大學生活呢——畢竟你是跟十六歲的高中生妹妹結婚。」

「是喔，沒想到大家對我的評價還是這麼差啊。」

士道與琴里如此鬥嘴後，不約而同地笑了。

五河夕弦起得很早。

起床後洗臉、換衣服、準備早餐。

然後回到剛才睡覺的寢室，欣賞在雙人床左側靜靜發出鼻息聲的丈夫士道的睡臉——

「奇襲。嗯……——」

捏住士道的鼻子，就這麼用自己的脣堵住士道的脣。

然後持續了數秒。

「…………，……！嗯嗯嗯……！」

不久後，大概是呼吸困難，只見士道開始胡亂擺動手腳。

夕弦調皮一笑後，放開士道的鼻子，接著離開他的嘴脣。

「微笑。早安，士道。」

「早……早安啊……夕弦……剛、剛才那是……？」

「臉紅。不要逼人家說出口啦。那是早安吻啊。」

「咦！早安吻那麼要命嗎？」

「當然。戀愛總是要人命的。」

夕弦如此說道，迅速站起來。

「結束。話說，早餐準備好了。快點去洗臉，免得飯菜涼了。」

「……了解。」

士道輕輕抬起手回答。夕弦心滿意足地點了頭，早一步回到飯廳。

不久後，準備完畢的士道來到飯廳。

「喔，培根蛋跟可頌麵包啊。不錯耶，我要開動了——」

「制止。等一下，士道，你是不是忘記什麼重要的事了？」

「咦？有嗎？」

士道一臉疑惑。於是，夕弦無奈地聳了聳肩。

「嘆息。——你還沒給我一個開動之吻吧。」

「開動之吻！」

「當然。我們是新婚耶。」

夕弦自信滿滿地說道。士道露出為難的表情，還是來到夕弦身邊。

「那、那麼，我要開動了。」

他如此說道，親了夕弦一下。

「滿足。那麼，我們開動吧。」

「喔，好。開動了。」

士道回到座位，這次真的要享用早餐時——

「——嗨～～……早安……啊，是早餐耶。我也可以一起吃嗎～～？」

房門一打開，冒出一張與夕弦一個模子刻出來的臉龐。

她是夕弦的雙胞胎姊妹，住在五河家隔壁的女性，八舞耶俱矢。明明才剛睡醒，卻滿臉通紅，散發著酒臭味。頭髮亂七八糟，身上穿的睡衣膝蓋部分也破了一個洞。

「提醒。耶俱矢，妳昨天也喝酒喝到很晚嗎？真受不了，夕弦一不在身邊就這副德性，耶俱矢真是軟爛耶。」

「嗚嗚～～妳說得沒錯。自從夕弦與士道結婚，我的生活就愈來愈自甘墮落……喂，就算是妄想，妳對待我的方式也太過分了吧！」

「疑惑。耶俱矢在說什麼莫名其妙的話啊？快點去洗臉，不然不讓妳吃飯喲。」

「可惡！我去洗臉！」

耶俱矢淚眼汪汪地跑向盥洗室。

夕弦與士道一起無奈地望著耶俱矢，有些幸福地露出苦笑。

「……你那邊狀況如何？道具呢？」

「嗯，還有剩。直接一口氣進攻吧。」

「……了解。那我們同時行動吧。」

「好。3、2、1——」

「「GO！」」

士道與七罪喊完口號，同時操作控制器。

畫面中的角色輕快地行動，給敵人迎頭痛擊。

敵人原本還在嘗試抵抗，不久後便一動也不動——畫面跳出表示作戰成功的文字。

「……嘿～～」

「耶～～」

七罪表現出不知情緒是高昂還是低落的態度舉起手，士道也發出類似的聲音與她擊掌。

沒錯。七罪與士道難得休假，卻沒有特別外出，而是從一大早便打電動打個不停。

當然，家裡只有他們兩人在，衣著也非常邋遢。七罪隨便把頭髮紮在後面，若無其事地穿著衣襬都已經綻線的超土運動服。由於電動打太久，視力有些惡化，因此戴著黑框眼鏡。士道則是睡醒的頭髮亂翹，身上還穿著睡衣。

典型在家耍廢的一天。這絕不是什麼值得誇獎的事，要是琴里踏進這個家，肯定會把兩人數落一番吧。

就在七罪有些自嘲地思考著這種事情的時候，兩人的肚子同時發出「咕嚕……」的聲音。

「啊～～……已經這麼晚了啊。難怪肚子會餓……」

「我完全沒發現……家裡什麼東西都沒有，要不要去吃拉麵？」

「贊成……」

七罪態度隨便地回答後，便在運動服外面披上大衣，然後出門。

四周已經一片黑暗。大概是假日的關係，街上的情侶或家庭比平常多。

「…………」

看著行人來來往往，七罪內心突然掠過一個念頭。她沒來由地問了走在身旁的士道一句：

「……我說士道，你為什麼要跟我這種人結婚？還有其他更好的女孩吧。」

「因為我喜歡妳呀。」

「……咳、咳！」

「喂喂，小心點啦。」

「誰、誰教你說這麼奇怪的話……」

「會奇怪嗎……」

士道一臉疑惑地搔了搔臉頰。七罪皺起眉頭接著說：

「……因為你感覺是會想建立幸福美滿家庭的那種人嘛。可是，我跟那種形象完全相反。像今天明明難得放假，我卻在家耍廢……」

「嗯～～……」

士道盤起胳膊思考後，吐了口氣回答：

「夫妻或家庭又沒有什麼一定的模式。我倒是挺喜歡這種不需要顧慮對方的關係，包含這一點在內——結果我就是喜歡妳啊。」

「咳、咳！」

「妳也差不多該習慣老公的甜言蜜語了吧。」

士道傻眼似的笑著撫摸七罪的背。

「喔喔……原來如此、原來如此……呵呵，沒想到有這種意思啊……」

「……？妳在看什麼書啊，耶俱矢？」

某天午後，五河耶俱矢在客廳專心看書時，丈夫士道一臉疑惑地探頭看她的手邊。

「——呵，你發現了嗎，士道？不，說是被召喚而來比較正確吧——」

耶俱矢突然垂下視線，得意洋洋地舉起手上的書。

「這正是言靈之書。名字會化為咒語，蘊含力量。遲早會有天使降臨到成為夫妻的吾等身邊吧。別疏於準備了喲，士道。」

「姓名學的書……噢，妳該不會在想孩子的名字吧？又還沒懷上，妳還是一樣心急呢。」

「呵，巧遲不如拙速。更何況本宮乃颶風皇女，無人能趕上吾之速度。」

「是喔……這樣啊，原來妳有在好好考慮。那今晚就來……努力一下吧？」

士道露出邪惡的笑容說道。耶俱矢瞬間羞紅了臉頰。

「反、反正，具體的事情以後再說……」

「怎麼跟妳剛才說的不一樣？」

士道如此笑道，坐到耶俱矢身旁。

「算了。妳有想到什麼名字嗎？」

「呵呵，問得好——汝瞧，名字除了『總筆畫』之外，還有『天』、『地』、『人』，根據各自的筆畫來占卜吉凶。老實說，看到此處，本宮的情緒便已十分高漲。」

「是啊，感覺很酷耶。」

士道點頭表示認同。之前就隱約察覺，士道似乎意外地有些部分的感受性跟耶俱矢挺相近。

「考慮這些整體性的因素，將名字施以言靈的結果——」

耶俱矢如此說道，把剛才想到的最強名字流暢地寫在紙上。

「得到的結論是——若是男子便取名為五河獄天使；若是女子便取名為五河月女神。」

然後她將寫得龍飛鳳舞的名字展示在士道面前。

「…………」

士道目瞪口呆了半晌，之後——

「——還不錯呢。」

一本正經地將手抵在下巴。

「是不是！很酷對吧！」

「嗯……老實說，我本來已經做好心理準備會聽到一些俗氣的名字了……沒想到還滿帥氣的嘛。」

「真、真沒禮貌！這可是攸關吾子一輩子的大事呢，當然得好好思考才行啊。」

「抱歉抱歉，說得也是呢──不過，這兩個名字真不錯。沒有寫成『地獄墮天使』這一點很有品味，女生名字的發音也很獨特呢……」

「沒錯沒錯！你真內行！重點就在這裡──」

就在耶俱矢與士道情緒高昂地談論時，突然有拳頭落在兩人的頭上。

「痛！」

「好痛！」

「──炸裂。為了守護外甥和外甥女的未來，八舞夕弦施以憤怒的鐵拳。」

不知何時站在兩人後方的夕弦皺起眉頭朝右手吐氣。

「妳、妳幹什麼啊，夕弦……不要隨便進入別人的妄想世界好嗎……」

「無視。少廢話。為何明明沒有懷孕，還呈現懷孕後的興奮狀態啊。」

「沒有啊，我哪有……」

「──悲觀。那就更有問題了。總之，我不認同那種名字，再重新想過。必須獲得夕弦與琴里兩邊的親屬認同，才能去辦理出生登記。」

「怎、怎麼這樣……」

夕弦突然闖入後，耶俱矢苦悶地把臉皺成一團。

◇

某個初夏夜晚。

士道與六喰身穿涼爽的浴衣，並肩坐在家裡的檐廊，眺望著天空。

滿天星斗猶如在藍紫色的畫布上撒滿了小小的寶石。大概是因為周圍沒有燈光，星光看起來更加耀眼。

能聽見的只有風聲、蟲鳴，以及彼此的心跳和氣息。

這個空間靜謐得令人不禁浮現──宛如這個世界上只有他們兩人的幼稚妄想。

「唔嗯──真美啊。今天星光特別燦爛呢。」

「是啊，今天的天氣也很晴朗呢。」

六喰如此低喃，依偎在士道的肩上。

士道溫柔地撫摸著她的頭。

──等士道大學畢業後，決定結婚的兩人用等同於免費的賤價買下這間古宅，移居到這裡生活。

四周是一大片農田與山林，開車要一小時才能抵達最近車站的偏遠地帶。即使恭維，也難以說是方便。實際上，六喰與士道說要移居到這裡時，所有人都大吃一驚。

「──感覺很對不起妳呢，六喰。」

「唔嗯？為何？」

「沒有啦，〈拉塔托斯克〉都說要幫忙準備房子了，結果讓妳配合我任性的要求。」

士道有些抱歉地如此說道。

六喰瞪大雙眼，不久便調侃士道似的勾起嘴角笑道：

「唔嗯。郎君你忘了嗎？妾身可是曾經放棄天命，企圖與你在宇宙度過永恆時光的女人喲。現在的生活反而更接近我的理想。呵呵，說不定郎君你在不知不覺中，身心都染上了妾身的色彩呢。」

「喂、喂……」

「呵呵，我說笑的。」

六喰莞爾一笑。

「──妾身每天都開心不已，此處是個好地方。春天百花盛開，夏天螢火滿天，秋天楓紅遍野，冬天白雪皚皚──而夜晚又能賞星，多麼奢侈的生活呀。況且──」

六喰將視線移到士道身上，繼續說：

「——此處有你我二人，夫復何求？」

「六喰——」

士道注視著六喰的眼睛，不久後輕聲嘆息。

「嗯……也是。我真是個不可靠的男人呢——就是因為妳這種個性，我才想跟妳在一起。」

「呵，倒也不完全是。至少你懂得說些甜言蜜語，討妾身的歡心。」

「哈哈……那真是我的榮幸呢。」

士道微微聳了聳肩。

兩人微笑面對彼此，再次望向天空。

草木皆眠的丑時三刻，然而截稿前的漫畫家卻難以入眠。

當紅漫畫家本条蒼二——本名五河二亞的工作場所簡直化為戰場。

「唔喔喔喔喔喔喔喔喔！祕技！交還三張原稿！」

「別說大話了，老老實實地畫吧。完稿組還在等呢。」

「好痛～～！」

被負責監督的瑪莉亞打了一下的二亞嘟起嘴唇。

「討厭啦，這種事情就是要靠氣勢嘛～活絡職場氣氛也是組長的工作吧～？」

「我想不堆積工作，每天完成一點進度，是最能活絡職場氣氛的方法。」

瑪莉亞瞇起眼睛瞪向二亞。「啊哈哈，真是說不過妳耶！」二亞拍了一下自己的額頭。

瑪莉亞露出更凶狠的視線後，廚房突然傳來一道聲音：

「好了好了……宵夜做好嘍。俗話說『餓肚子打不了仗』嘛。」

如此說著現身的，是一名非常適合穿圍裙的青年。

——五河士道，與二亞超恩愛的小老公，是個超級能幹的助手兼煮夫助手。長得一張溫柔的臉龐，在床上卻意外地粗暴。二亞穿高領擋住，其實脖子上有一堆他留下的吻痕。

「……妳的獨白是不是在亂說話？」

「討厭啦，用眼神交流就看穿人家的心思了嗎？」

二亞扭動著身軀眨了眼後，士道便一臉無奈地嘆息，並且來到二亞、助手瑪莉亞們，以及氣喘吁吁在擦線稿的艾蓮身邊，將飯糰分給她們。

「唔喔喔喔喔喔！老公的愛心飯糰讓我火力全開啦～～～～！」

二亞大口品嚐士道準備的飯糰後，瞬間全身充滿力量。頭腦清楚，肩膀不再痠痛，模糊的雙眼也變得清晰。簡直是奇蹟，這就是愛的力量。二亞以將近平常的十倍速度運筆如飛，瞬間完成原稿——

——當然是沒有發生這種事，而是在約十個小時後，即將截稿的時間才完成原稿。

「呼……呼～～……總算是……趕上了……」

癱軟憔悴的二亞把最後一張原稿託付給瑪莉亞後，精疲力盡地直接趴在桌上。

「我確實收到原稿了，那我立刻送到編輯部。下次不要再這麼趕了——感覺我每次都說一樣的話。」

瑪莉亞使出致命一擊後，便帶著疲憊不堪的艾蓮離開工作室。

目送她們離去後，參與完稿作業的士道伸了一個大懶腰。

「辛苦了，二亞。要不要稍微睡一下？」

「嗯～～……帶我到床上～～……」

「是是是……」

士道無奈地聳了聳肩，一把抱起二亞，從工作室走向寢室。

然後溫柔地將二亞放到床上。

「唔嗯～～」

不過，當士道要離開的瞬間，二亞摟住了士道的脖子。

「喂喂，妳幹嘛啦。不是很累了嗎？」

「嗯～～……累是累啦～～但是最近因為趕稿都沒有親熱……不行嗎？」
二亞用撒嬌的聲音說道，士道便露出淘氣的笑容。
「不行，除非妳用更可愛的方式勾引我。」
「我喜歡你，達令♡」
「我說妳呀，平常總是一副難以捉摸的樣子，到了關鍵時刻卻害羞起來了呢。」
「……討厭～～……你真壞心……」
二亞鬧彆扭似的說完，士道便露出苦笑，直接壓在二亞身上。

將活動重心移到美國後，刷新各大暢銷金曲榜，成為活傳說的偶像中的偶像誘宵美九。
傳出她其實已經結婚的流言，是在她即將舉辦日本凱旋演唱會的某一天——
「……啊～～果然到處都有看起來像記者的人呢。」
美九親愛的達令五河士道從窗簾的縫隙窺探外面，一臉困擾地嘆了口氣。
沒錯。因為美九已經結婚的流言完全是事實。
「嗯～～真傷腦筋呢～～消息到底是從哪裡洩漏出去的？」
美九的語氣並不如她所說的那樣慌張，她啜飲一口紅茶，低喃般說道。

「人家不認為會是〈拉塔托斯克〉相關人士說的，那會是提交結婚申請書的市公所嗎？還是結婚會場的工作人員？難道是之前一起出門時逛的店家店員……」

「……嗯，超多人可懷疑的。」

「啊哈哈～不過，事務所那邊也終於屈服了。這次演唱會結束後，願意讓人家發表結婚的消息。」

「咦！真的嗎？」

「是呀～～——不過，說辭必須是『人家要結婚了』，不能是『其實人家已經結婚了』。受不了，既然如此，當初人家說我們要結婚的時候，老實地昭告天下不就好了嗎～～」

「哈哈……畢竟以事務所的立場來說，是反對結婚這件事的嘛……」

這時，士道像是察覺到什麼似的，眉毛抽動了一下，發出疑問：「嗯？」

「不過，要等到這次的演唱會結束，就意味著……」

「沒錯。事務所警告人家，在那之前千萬不要被抓到證據～～」

「原來如此……這樣的話，這陣子最好少出門。那今天的約會也取——」

「——咦咦咦咦咦咦咦咦！」

美九發出慘叫般的聲音打斷士道。

「怎麼這樣～～！虧人家睽違已久才請到假的～～！」

「呃，可是也無可奈何吧。現在不能被別人發現啊……」

士道面有難色地說道。那副表情與他中性的容貌相輔相成，可愛得令人想吃了他。

「──啊。」

就在這時，美九突然收到上天的啟示。

「靈光一閃！人家想到能不被記者發現，又能享受約會的方法了！」

「…………我有一股不祥的預感耶……是什麼？」

「呵呵呵，那就是……」

美九露出滿意的笑容倏地起身，從化妝室拿來各種化妝品，從衣櫃拿來女裝。

「──人家好想妳喲，士織～～～～～～！」

「呀啊啊啊啊啊啊啊啊啊啊啊──────！」

美九露出閃閃發光的眼神逐步逼近，士道便尖叫著向後退。

「等、等一下！妳冷靜點！高中時扮女生就已經夠勉強，現在這個年紀絕對沒辦法啦！」

「你在說什麼呀！達令依舊跟當時一樣可愛啊！來，脫吧脫吧～～！大姊姊從內衣開始幫你搭配～～！」

「呀啊啊啊啊啊啊啊啊啊啊啊啊啊啊啊啊啊！」

美九以像要扯掉襯衫釦子的氣勢脫掉士道的衣服後，士道便發出如裂帛般的尖銳慘叫聲。

早晨的廚房傳來悅耳的「咚咚」聲。

四周飄散著高湯的香氣，調理臺上擺著一堆事先準備完畢的食材。

沒錯。新婚妻子五河狂三為了心愛的丈夫，正在做早餐和便當。

今天的菜單是鹽烤竹筴魚、醋漬小菜、金平牛蒡、自家製米糠醬菜等日式料理。白飯配合丈夫的喜好，煮成稍微偏硬的程度，味噌湯裡的料是豆腐和海帶芽。

當然，做便當也沒有偷懶。以炸雞塊為中心，裝滿了煎蛋、從早餐軍過來的刺客——金平牛蒡等配菜，白飯中間夾了柴魚片，上頭再鋪上海苔。

「好了——就先這樣吧。接下來——」

當狂三正要著手進行下一個工程的時候——

「——呀！」

突然被人從背後緊抱，狂三因而發出輕聲尖叫。

「早安，狂三。一大早就這麼有精神啊。」

「士道，討厭，不要嚇人家啦。」

狂三鼓起臉頰說完，士道便從後面摟著狂三的肩膀，淘氣地笑道：

「抱歉、抱歉。我一起來看見廚房有個可愛的背影，就忍不住抱上去了。哎呀～～不管看幾次都覺得很棒呢，這種新婚妻子的感覺。」

「真是的，不要搗亂啦。在我拿菜刀時靠近，很危險喔。」

「有什麼關係嘛～～──喔，我還想說什麼味道這麼香，原來是煎蛋。給我吃一口啦～～狂三～～」

說完，士道像個耍賴的孩子搖晃狂三的身體。狂三嘆氣，苦笑道：「好啦、好啦。」

「真拿你沒辦法。來。」

然後她用筷子夾起剩餘的煎蛋，送到士道嘴邊。

於是，士道以小鳥啄餌的動作一口咬住煎蛋。

「嗯，真好吃。妳廚藝是不是又進步了？」

「哎呀哎呀，你嘴巴真甜。好了，滿意了就快放開我。」

──狂三說完，士道勾起嘴角，用奇怪的手勢劃過狂三的身體。

狂三全身顫抖。不過，這也難怪。

因為狂三現在──居然除了圍裙以外什麼都沒穿，也就是處於裸體圍裙的狀態！

「喂喂，一大早就穿成這樣的傢伙竟然說這種話啊？老實點吧。妳在勾引我吧……？」

「呀……！嗯嗯……！哪、哪有……不是你要人家穿成這樣的嗎……」

「嗯嗯～～？是嗎～～？那麼，我得給順從的母貓獎勵才行呢……」

士道臉上浮現好色的笑容後，舔了一下嘴唇！他的手指宛如淫蕩的章魚，蹂躪新婚妻子白皙的肌膚！

「啊……！不要……！──」

狂三的唇瓣間洩出拒絕的話語，但聲音甜蜜又嬌媚！

啊啊，一片不牢靠的薄布，怎麼可能擋得住她成熟的肉體──！

「──二亞、美九！請不要隨便捏造別人的新婚生活好嗎！」

「啊！糟糕，被發現了……可是，三三×新妻，絕對很色情吧？如果不沉浸在肉慾裡面，會很令人失望吧？」

「就是說呀～～啊，難道妳想當攻方嗎？這樣也可以耶～～！」

「就說了，不要隨便想像啦！我才不會做那種下流的事呢。如果是我，會更加嫻淑，又像隻調皮的小貓一樣……──啊！」

「咦？什麼什麼？再多說一點妳的構想！」

「呀～～！像隻調皮的小貓，然後要做什麼～～！」

「真、真是的……我什麼都沒說啦！」

天宮市內某間婦產科診所。

鳶一，更正，五河折紙坐在診間的床上，穿著寬鬆的睡衣，慈愛地摸著她大腹便便的肚子。

「——孩子剛才踢我肚子了。」

「我摸摸看。」

折紙說完，坐在她旁邊的丈夫——士道便溫柔地觸碰她的肚子。

然後閉上眼睛將注意力集中在手上，不久後「喔！」地叫了一聲。

「真的耶。看來會生出一個精力充沛的小嬰兒呢。」

「嗯。」

折紙聽了士道說的話，莞爾一笑。

過程很順利。照這樣下去，應該會在這個月出生吧。

說對生產完全不會感到不安是騙人的。不過，折紙的體內充滿遠遠超過不安的幸福感與充實感。

「——士道。」

「嗯？怎麼了？」

「我好幸福。」

「哈哈，幹嘛突然說這種話。」

士道開懷大笑，不久後突然吐了口氣，挨近折紙，摟住她的肩膀。

「──我也是，折紙。超級幸福。」

「嗯……」

折紙露出微笑點了頭，倚靠在士道身上向他撒嬌。

就在這個時候──

「──又在卿卿我我了。」

門突然打開，一個宛如縮小版折紙的小女孩走進病房。

「千代紙。」

折紙望向她，呼喚女孩的名字。

她的名字叫五河千代紙，是士道與折紙的長女。

沒錯。折紙並不是頭一次生孩子。

「媽媽好詐喔，一直霸占爸爸。我也想跟爸爸玩。」

千代紙氣呼呼地鼓起臉頰。士道苦笑著直道歉。

於是，這次換一名長得跟士道十分相像的小男孩走進病房。

「小千，不要那麼任性。沒看見爸爸很困擾嗎？」

「貴士。」

折紙呼喚男孩的名字。

他的名字叫五河貴士，是士道與折紙的長男。

沒錯。他和千代紙竟然是雙胞胎。

不，不只如此。繼貴士之後，又有小男孩和小女孩陸續走進病房。

「爸爸～～」

「小北鼻什麼時候出生～～？」

「陪我玩啦～～」

「我肚子餓了～～」

「可以看電視嗎～～？」

「我想尿尿～～」

「正士、折繪、折子、篤士、賢士、折姬。」

沒錯，折紙竟然生了一堆孩子。

士道像在表達「自己還真拚呢……」露出乾笑，再次伸手撫摸折紙的肚子。

「這個孩子出生後，真的可以組成一支棒球隊了呢……」

「嗯——不過，還不夠。」

「喂喂……妳打算組成一支足球隊嗎？」

士道聳聳肩說道。

折紙突然微微一笑，在士道耳邊呢喃：

「——我的目標是組成一支美式足球隊。」

「——我回來了，士道！」

十香用力打開玄關的門後，發出幾乎響遍整個家的朝氣蓬勃的聲音。

她身穿黑色套裝，搭配緊身裙和絲襪，頭髮向上紮起。是典型的女強人裝扮。順帶一提，也戴了眼鏡，不過是平光眼鏡。

不久，一名穿著圍裙，看起來很溫柔的男性從廚房走來——他是十香的丈夫，夜刀神士道。

「喔，十香，妳回來啦。剛好可以吃飯嘍。」

他出來迎接十香並如此說道。

沒錯。夜刀神家是妻子出外打拚，丈夫在家做家事的專職主夫家庭。

「喔喔，真的嗎！今天吃什麼？」

「今天吃薑汁燒肉跟醬燒獅子唐青椒──」

十香詢問後，士道一邊屈指數著一邊接著說：

「還有漢堡排、炸豬排、蛋包飯、炸牡蠣、乾燒明蝦、麻婆豆腐、春捲、烤雞、焗烤、燉牛肉、打拋豬肉飯、海南雞飯、烤真鯛～佐春風的香氣～這些菜。」

「喔喔！今天吃得好豪華喔！」

「是啊。因為今天是──四月十日啊。生日快樂，十香。飯後也有準備好蛋糕喔。」

「竟……竟然！簡直太完美了！」

十香瞪大雙眼，顫抖著雙手，士道便「啊哈哈」地笑著聳了聳肩。

「沒錯，太完美了。所以快點去洗手吧。」

「嗯！」

十香大幅度地點頭後，飛也似的跑向盥洗室，然後用洗手乳仔細地清洗雙手。

「唔──」

就在這時，左手無名指上閃閃發光的銀色婚戒映入眼簾。

那時的光景突然掠過腦海。

沒錯。去年的四月十日，十香在大家面前向士道下跪，拿出戒指求婚：『希望你每天早上都幫我做味噌湯！』

「已經過了一年啊——」
十香感慨萬千地嘆息，覺得時間過得真快。
求婚後的一年來，十香在琴里的介紹下進入〈亞斯格特〉電子公司的相關公司當業務。
雖然工作很辛苦，但每天都過得很充實——重點是一回到家，士道便會準備美味的晚餐迎接她。這對十香來說比任何事都開心。
「喂～～十香，妳還沒好嗎～～？」
「——嗯，我馬上過去！」
十香精神奕奕地回答後，走向飯廳。
餐桌上已經擺滿各式各樣的佳餚。
「喔，來了啊。那我們吃飯吧。」
「嗯——士道！」
「嗯？怎麼了？」
「——我會讓你幸福的。」
十香說完，士道頓時驚訝得瞪大雙眼，然後莞爾一笑。
「怎麼突然說這種話？」
「沒有啦，就突然這麼想。」

「是喔……不過，我想不容易做到喔。」

「唔？」

十香歪頭表示疑惑，士道便勾起嘴角說：

「——因為我現在超級幸福的。」

◇

「——喂——喂，大家！」

「「……！」」

聽到這樣的聲音，前精靈少女們同時肩膀一顫。

往聲音來源望去，發現那裡站著一名少年，穿著穿不習慣的西裝——他是五河士道，與十香和折紙她們一樣是就讀彩戶大學的大一生。當然，還不是某人的丈夫。

這時她們突然想起來，自己好像沉浸在漫長的妄想中，但現在正在進行小珠老師和神無月的結婚典禮。

「怎麼了，大家一起發呆？」

「沒、沒有啦……抱歉，沒事。」

「是的……什麼事都沒有。」

「沒錯。順帶一提，美式足球的出場選手，攻守加起來有二十二名。」

「咦！幹嘛突然提起美式足球的話題……？」

十香等人搪塞過去後，士道一頭霧水地歪過頭。

「……算了。妳們看，好像要丟捧花嘍。」

「丟捧花？」

十香詢問後，士道便點頭回答：

「是啊，新娘手上有拿一束花吧。她會把那束花丟給在場來參加婚禮的女性賓客，聽說接到捧花的人，會成為下一個新——」

「「…………！」」

瞬間。

聽完士道說的話，少女之間開始籠罩著緊張的氣氛。

大家的視線短暫交會。十分奇妙的是，光是這樣就能對彼此的想法瞭如指掌。

「哦～～……丟捧花啊。」

「這算是——結婚典禮附屬的餘興節目吧。」

「呵呵，要接花束嗎？這對風之八舞來說根本是小兒科。啊，我只是喜歡比賽喔，成為下一個新娘什麼的我根本無所謂！」

「宣言。夕弦同樣對迷信沒興趣，但聽到比賽可無法袖手旁觀。」

「妳們知道嗎～～？花朵是會灑落在偶像身上的喔～～」

「我、我也……想要。」

「咦……我……倒是無所謂……」

「唔嗯，大家，妾身可不會輸喔。」

「咳、咳，我的老毛病……感覺接到捧花就可以治好喔……」

「——話說，最後拿到捧花的人就是勝者，可以吧？」

「那我可要拿出真本事了！」

前精靈少女們各自說道，並且走向女性賓客聚集的區域。

「喂、喂～～……？」

背後似乎傳來士道不知所措的聲音，不過現在的少女們無暇顧及這件事。她們以盯上獵物的眼神注視著小珠，靜靜地抵達狩獵場。

「喔，十香她們總算來了。」

「那麼，小珠老師，麻煩妳扔捧花吧！」

「……話說，怎麼覺得背部又冷又熱……這是什麼？殺意的波動？」

與十香等人同樣出席婚禮的前同學亞衣、麻衣、美衣迎接她們後，對小珠打了個暗號。

於是，站在階梯上的小珠點點頭，背對所有人。

「好了，那我要丟了喲。我要把我滿溢的幸福，分享一點給大家！——我～丟！」

然後，純白的捧花隨著小珠的吆喝聲飛舞在空中。

「「——！」」

瞬間，前精靈少女們同時朝地面一蹬。

其他賓客也朝天空伸出手，但顯然專注力與反應速度天差地別。原本占據後方的少女們剎那間鑽入群眾之中，搶到好位置。

搶先一步的是八舞姊妹。兩人不負風之八舞之名，腳步快速地同時衝向劃出拋物線之前的捧花。

「唔……！」

「失算。唔……！」

兩人同時撲向捧花，結果適得其反。雖然碰到捧花，卻在空中撞在一起，撞飛了捧花。

「哦，撿到機會了！」

「人家收下了～～！」

緊接著伸手的是以身高取勝的二亞與美九。

不過，兩人碰到捧花的瞬間——

「唔嗯——！」

六喰從下方伸手出，再次將捧花彈飛到空中。

「啊……！」

「呀！」

「哎呀——」

接著，捧花依序在四糸乃、琴里、狂三的手上跳來跳去後——

「呼——！」

「怎麼能讓妳們得逞！」

被在那裡等待機會的折紙與十香同時接住。

不過，兩人的力量勢均力敵。捧花從兩人的手中脫逃，再次飛向天空——

「……咦？咦？」

不偏不倚地落到縮在角落的七罪手中。

「「…………！」」

然而，勝負並未就此結束。因為得知捧花所在的少女們同時望向七罪，七罪便「噫！」地倒抽一口氣，將捧花扔向其他方向。

結果捧花經過不知道是本日第幾次空中散步後，抵達了終點。

——站在遠離所有人的位置的五河士道手中。

「…………咦？」

突然接到捧花的士道目瞪口呆地環顧四周。

不過，他的身體與表情立刻變得僵硬。

大概是發現猛速衝向自己的少女們的身影吧。

「「…………！」」

「嗚、嗚哇啊啊啊啊啊啊啊啊啊啊！」

婚禮會場的天空迴盪著未來新郎比鐘聲更高更遠的慘叫聲。

候選人七罪

ElectionNATSUMI

DATE A LIVE ENCORE 11

「……嗚哇，怎麼這麼多人？」

鏡野七罪看見聚集在走廊上的學生，打從心底厭惡地嘆了一口氣。

平常陰鬱的雙眸更加扭曲，嘴角不知要向下垮到什麼地步。大概是心理作用，總覺得平常有些駝背的姿勢也縮得更圓了。

都立來禪高中一樓的公布欄前混雜著一年級到三年級的學生，大家吵吵嚷嚷的不知道在討論些什麼。

這件事本身是無所謂啦，問題是他們堵在七罪等人的去路上。

「不通過那裡就沒辦法進教室……這算是非常嚴重的構造缺陷吧？」

「啊哈哈……」

聽了七罪說的話而苦笑的，是與七罪穿著同款制服的少女——冰芽川四糸乃。

不過七罪與她相同的只有衣服，其他要素與之相比也只是不自量力。蓬鬆的頭髮、柔和的五官、光滑的肌膚，加上清澈悅耳的嗓音，是連世界都會嫉妒的全宇宙超級女神。好想跟她結婚。

順帶一提，兔子手偶「四糸奈」在家看家。以前必須與她形影不離的四糸乃，升上高中後也敢像這樣獨自上學了。

「不過，到底發生什麼事了啊？我想這個時期應該不是張貼定期考試的結果吧……」

「嗯～～會不會是貼出老師的醜聞啊？」

站在後方的五河琴里打趣地說道。

她也穿著來禪高中的制服，是七罪的同班同學。與貓咪有些相似的雙眸，用黑與白色的緞帶紮起的長髮是她最大的特徵。

「怎樣都好啦，希望他們快點讓開……」

七罪厭煩地如此低喃後，微微皺起眉頭。

因為她看見前方的人群中有兩張熟悉的面孔。

一人是五官精悍，馬尾與淚痣為其招牌特徵的少女——崇宮真那。

另一人則是將秀麗的頭髮綁成丸子頭，身材比例不像高中生的少女——星宮六喰。

兩人都是與七罪就讀同個班級的朋友。

「——哎呀？」

「唔嗯？」

七罪發現兩人的同時，她們似乎也察覺到七罪的存在，然後微微挑起眉毛，走向七罪她們。

「妳們也是來看公告的嗎？」

「唔嗯。世人皆言事實比小說更離奇……妾身亦大吃一驚呢。」

接著如此說道，盤起胳膊發出低吟。

七罪她們歪過頭，聽得一頭霧水。

「我們只是經過而已……到底發生什麼事了？」

琴里從七罪的後方詢問。「啊，是這樣啊？」於是真那接著說：

「──是這次的學生會長選舉啦。公布了候選人一覽表，但似乎會掀起一陣波瀾呢。」

「……是喔……」

果然是自己完全沒興趣的話題。七罪瞇起眼睛，敷衍地回答。

於是，真那深感意外地瞪大雙眼。

「哎呀，七罪，妳還真是老神在在呢。」

「……啥？誰想當學生會長都沒差吧。」

七罪搔了搔臉頰說道。學生會握有很大的權力，甚至會影響到校規和學校生活──這種事只存在於創作當中。實際上不論是誰來當，都不會引起多大的事件吧。

然而，真那與六喰聽完七罪說的話後，有些佩服地嘆息。

「原來如此、原來如此……真是個大人物呢。」

「唔嗯。欲成為人上人，就必須處之泰然嗎？」

「……？妳們從剛才開始到底在說什麼啊……」

七罪一臉疑惑地問道。原本在前方築起的人牆突然慢慢散開。

當然便能隱約看見原本被人潮遮掩的布告欄。

「…………什麼！」

七罪一雙眼睛瞪得老大，連忙奔向布告欄。

然後──

「這、這這這……這是～～～怎麼～～～～回事啊～～～～───────！」

不顧別人的目光，發出慘叫。

留在周圍的學生們肩膀抖了一下，但如今的七罪根本沒有心情在意那種事。她一副凶神惡煞的表情，立起指尖緊貼布告欄，猛盯著上面張貼的資訊。

不過，這也難怪。

因為上面張貼的學生會長候選人一覽表。

表上──燦然記載著「鏡野七罪」這個名字。

◇

「唔嗯……所以，七罪並非自己參選的嘍？」

課堂開始前的休息時間。

六喰在一年二班的教室中交抱雙臂歪著頭。實在不像高中一年級生的傲人凶器被手臂壓迫，更加強調出形狀……不過，本人似乎完全沒自覺。

「那是當然的啊……像我這種邊緣人，根本不可能當上學生會長嘛……」

七罪趴在書桌上，抱頭發出呻吟。

「……聽好了，學生會長啊，是在資優生當中自我表現欲特別強、充滿野心的那種人當的。說什麼想改善學校！鑽研自我！全都是表面話。基本上那些傢伙的肚子裡藏的只有想在全校集會中俯視愚民的支配欲與有效率地賺取綜合評價的這種壞心思。」

「虧妳能把人家講得那麼壞呢……」

真那冒著汗，有些佩服地說道。

結果，在真那旁邊的琴里誇張地聳了聳肩說：

「我剛才向老師確認過了，除了參選，好像還有推薦名額。只要代表推薦人收集到二十名以上的署名，本人沒有參選也能登記為候選人的樣子。」

「好厲害，這代表有許多人希望七罪當學生會長呢。」

聽了琴里說的話，四糸乃的眼睛閃閃發亮。這名少女的心靈多麼純粹清澈啊。結婚吧。

不過，七罪卻一臉陰鬱地搖搖頭。

「……不是的，四糸乃。這是那個啦，一種霸凌的方式啦。把邊緣人硬是拉到聚光燈下，讓他出糗的陰謀啦。以前的漫畫也說過，要有效率地凌虐抹布，訣竅就是將它裝飾得很漂亮。」

七罪憤恨不平地說完，啃咬大拇指的指甲。

「到底是誰……竟然用如此陰險的方式整我……難道是三班的大野記恨我在前廊撞到他……不對，田口也經常一臉覺得我很噁心似的瞪著我……啊啊，也有可能是上體育課時因為人數多出來而被迫跟我一組的溝內……」

當七罪在露出苦笑的眾人面前喃喃自語時，教室的門突然被用力打開。

「——綾小路花音！喜歡的詞彙是草根民主主義！」

一名容貌花俏的少女高聲宣言，俐落地擺出姿勢。

她是七罪的同班同學兼朋友，正如本人報上的名字，叫作綾小路花音，背後跟著她的朋友小槻紀子。

「這名字感覺最後會腐敗呢。」

「腐朽的草會成為次世代的肥料！」

面對紀子的吐槽，花音做出誇張的動作回應。雖然她的態度十分做作，但七罪以及其他人都知道她平常就是這副德性。

「——哎呀？妳怎麼啦，七罪？感覺妳的黑眼圈比平常更嚴重了呢。」

花音發現七罪的狀態，並且走向她。七罪一臉疲憊，語帶嘆息地回答：
「……是啊，有點事。不知道是誰幹的好事，學生會長候選人名單上竟然有我的名字……」
「啊啊！」
七罪話音未落，花音便拍了手。
「妳看到了呀！很驚訝吧！是我推薦妳的！我說務必希望七罪當選學生會長！大家都很樂意幫助我——」
然後她眼神閃閃發光地如此說道。
不過，花音立刻驚恐得瞪大雙眼。
大概是發現七罪神色憤怒，氣得手直發抖吧。
「原、原、原、原原原原原原——」
「原？」
「原來是妳這傢伙啊～～～————！」
七罪撐著書桌站起來，椅子猛然倒向後方。
「咦？咦……！」
「沒想到犯人就近在身邊啊～～～……！妳究竟有什麼目的！對我有什麼怨恨嗎……！難不成還在記恨國中體驗入學時的事？還是前幾天吃便當時交換配菜，覺得用煎蛋交換炸雞塊不公

平！還是──」

七罪情緒激動，滔滔不絕地說到一半，突然打住話頭。

理由很單純。因為花音臉色鐵青，眼眶泛淚。

「對、對不起……我沒有那個意思……我只是覺得……如果是七罪，一定能讓這所學校變得更好……」

「唔……」

七罪有些內疚地欲言又止，紀子便從花音的背後冒出頭來。

「啊～啊～把她惹哭了。哎，沒有經過本人允許就擅自行動固然不對，可是花音真的很努力呢。那個心高氣傲的花音，宣稱適合當新會長的只有七罪！低頭請大家署名，達成能夠推薦的人數時，她真的非常開心呢……」

「唔、唔……」

見紀子瞇起眼睛數落自己，七罪發出痛苦的呻吟，不久後唉聲嘆了一大口氣。

「……對不起啦。我剛才一時在氣頭上……不是真心的啦……」

「真、真的嗎……？妳沒有怪我？」

「沒有。」

「我還是妳的朋友……？」

「……當、當然是朋友啊。」

七罪有些難為情地說道，花音便綻放笑容，擦拭淚水，誇張地挺起胸膛。

「綾小路花音！優點是振作得很快！」

「由於走三步就忘個精光，大家都在議論她前世一定是鳥。」

「請稱呼我為不死鳥花音！」

花音露出謎之自信的微笑，擺出帥氣姿勢。

七罪扶起剛才撞倒的椅子後，無奈地搔了搔頭。

「……哎，剛剛因為太過突然而亂了方寸，但反正只是登上候選人名單而已。學生會長通常會選有當過學生會幹部的學生……」

七罪像在說服自己似的如此說道。

實際上，七罪沒有任何基礎跟實績，根本就是出來當砲灰的，怎麼可能會突然當上學生會長嘛。

不過，這時琴里突然微微皺眉。

「唔～～……可是今年的狀況好像有點特殊喲。」

「特殊？」

「沒錯。上一任幹部有人因為父母的緣故轉學，有人跳級去念國外的大學，有人則是為了搭便車環遊全國而休學，陸陸續續離開了。所以這次的學生會成員似乎會大洗牌。」

「什麼……！」

聽了琴里說的話，七罪瞪大雙眼。

「那、那是怎樣……話說，前面兩個就算了，搭便車那個是什麼意思？給我做好學生會的工作啦！」

「跟我說也沒用啊。」

琴里攤開手掌安撫七罪。

七罪胡亂搔了搔頭髮，唉聲嘆氣。

「……說是這麼說，反正還有一堆其他候選人吧……哪有人會笨到投票給一個剛入學的新生，而且還是個矮冬瓜──」

「──啊，剛才學校的地下網站有小道消息出來了，聽說七罪目前最高票。」

「啥！」

真那看著手機說道。於是，七罪發出錯愕的叫聲。

「等、等一下啦！那是怎樣，不可能吧！話說，地下網站是什麼？」

「學生擅自經營的非官方網站。入學時，折紙小姐告訴我的。雖然這種行為不值得鼓勵，但為了得到廣泛的情報，有時也需要兼容並蓄──順帶一提，投票給妳的理由有『說來說去，還是挺會照顧人的』、『國中文化祭時的工作態度令人尊敬』、『有才能』、『感覺能體會弱者的痛』、『可愛』。」

「什麼～～～～——！」

聽見真那的追加情報，七罪又大喊出聲。

下一瞬間，宛如被這聲音呼喚而來，教室的門再次打開，出現一名高挑的少女。

從室內鞋的顏色來判斷，應該是二年級生吧。端正的鼻梁、整齊的短髮。她優雅的站姿彷彿某個國家的王族——而且不是公主，是王子。

「——我問妳，鏡野七罪同學是這個班級的學生沒錯吧？」

少女詢問附近的女學生。女學生滿臉通紅地回答：「是、是滴……！」然後指向七罪。

「謝謝。」

少女簡短地道謝，然後走向七罪。

「…………！」

她身上散發出來的強烈朝氣，令七罪整張臉冒出冷汗。

「妳就是鏡野七罪同學？」

「…………不，我不是……」

七罪受不了她那星光閃耀的感覺，不自覺地裝傻否認。

「咦？」

少女將眼睛瞪得圓滾滾的。於是，七罪周圍的四糸乃等人搖搖頭，更正：「她是。」

「呵呵，這孩子真有趣──我叫城之崎都，跟妳一樣，是參選學生會長的候選人。」

「……！城之崎──！」

聽見少女名字的瞬間，真那眉毛抽動了一下。

「唔嗯？妳認識她嗎，真那？」

「對。我記得她是──學生會長選舉小道消息中跟七罪並列第一的學姊！」

「「……！」」

真那說完，所有人都瞪大了雙眼。

都突然微微一笑，朝七罪伸出手。

「才一年級就參選學生會長，妳的上進心跟愛校心真令人佩服，讓我不禁想看看妳是個什麼樣的人──誰贏了都別怨恨喲。堂堂正正地競選吧！」

她如此說道，臉上浮現爽朗的笑容。沒在開玩笑，她那從脣瓣間露出的白皙牙齒看似閃了一下。

「……啊，不，我是那個……嗚、嗚哇……」

當七罪像隻被陽光烤乾的鼴鼠瞇起眼睛語無倫次時，都用力地抓住她的手，跟她握手。

「拜託妳嘍！鏡野學妹！」

「啊、啊嘎嘎嘎嘎嘎嘎嘎嘎嘎嘎——」

她的握手充滿霸氣，溫暖又強勁。

——雖然如此，但不知為何，感覺自己的ＨＰ逐漸減少。七罪有點理解被施以回血咒語的不死怪物的心情了。

「再見！」都走出教室，連臨走前都那麼爽朗。

「……呼呀……——」

七罪呆愣地佇立在原地片刻，等完全聽不見都的腳步聲後，繃緊的神經才放鬆，當場癱坐下來。

「七、七罪！」

「妳沒事吧！」

大家一臉擔心地說道。

七罪望著教室的天花板，夢囈似的呢喃：

「那、那是什麼……跟我一樣是人類嗎？要是加入學生會，不只要在全校學生面前出醜，還得跟那種光之巨人來往嗎……？」

七罪緊握拳頭，說出她的決心：

「……無、無論用任何手段……我都要讓自己落選…………！」

◇

隔天早上。

琴里吃完早餐，做好出門的準備後，一如往常在家門前和四糸乃、六喰、真那她們會合。

「早安……咦，七罪呢？」

她揮手跟大家打招呼後——歪頭提出疑問。

沒錯。因為平常總是跟她們一起上學的七罪，如今卻不見人影。

「啊……她說有事要做，就先去學校了。」

「有事要做……？」

聽見四糸乃說的話，琴里皺起眉頭。

平時琴里根本不會在意這點小事……但昨天的事令她感到有些不安。

「她說不管用什麼手段，都要讓自己落選……到底打算做什麼呢？」

琴里說完，六喰便像是想起什麼似的眉毛抽動了一下。

「對了，昨日返回公寓後，她曾提起要在房間做一些『準備』……」

「準備？準備什麼……？」

「不知──不過，七罪是個頭腦聰穎的女孩，應該不會做出何種愚蠢的行為才是。」

「是沒錯啦……」

六喰說完，琴里搔了搔臉頰。

她說得沒錯。雖然剛認識七罪時她很愛惡作劇，但現在已經算是前精靈組中少數做事通情達理，有常識的人。也許自己有點太過擔心了。

「反正在這裡糾結也於事無補，快點去學校吧。」

「嗯……說得也是。」

在真那的催促下，琴里等人比平常加快腳步，前往學校。

她們沿著走慣的通學路，穿過住宅區，來到校門。

然後直接通過前庭，正要走向鞋櫃時──

琴里一行人突然停下腳步。

「…………什麼？」

因為有一名嬌小的少女雙腳開開地蹲在校舍入口前。

她將西裝外套披在肩上，胸前的緞帶鬆垮地垂下，裙子刻意穿得很短，裡面還穿著體育褲。

臉上戴著有色眼鏡，嘴裡叼著香菸（般的東西）。眉心刻著深深的皺紋，不斷發出「啊？」

或「哦？」之類的聲音（莫名有些克制），逐一威嚇經過的學生。

……總覺得給人一種想重現刻板印象中的不良少女，結果畫虎不成反類犬的感覺。

「……妳在做什麼啊，七罪？」

琴里臉頰抽搐，對那名少女問道。

於是，七罪用食指將有色眼鏡往下推，仰視她們回答：

「啊啊……早安。看不就知道了，我在進行競選活動啊。」

「競選活動……？」

琴里一臉疑惑地詢問後，七罪便點點頭。

「……對啊。呵、呵呵……再怎麼樣都不會想選這種素行不良的傢伙當學生會長吧……？」

「原、原來如此……？」

琴里臉頰流下一道汗水。

「話說七罪，妳不是說過因為討厭在全校學生面前出醜，才不想當學生會長嗎？」

「還有其他理由……不過，算是吧。」

「…………」

琴里看向四周。經過的學生都不時在偷看七罪，偶爾也有人拍照。感覺用不著當上學生會長就已經當眾出糗了。

平常的七罪不可能沒察覺這種事……果然還是失去了一些判斷力的樣子。

「七罪……抽菸對身體不好，最好不要抽……」

四糸乃從琴里背後擔心地對七罪說道。

於是七罪慌慌張張地猛搖頭回答：

「啊啊，妳誤會了。這不是香菸，而是香菸糖啦。」

說完，七罪咬碎含在嘴裡的白色棒狀物。看來是零食的樣子。

「什麼嘛，原來不是真的香菸啊。」

「那是當然的啊……要是真的抽菸，別說惹人厭了，甚至有可能會停學耶。搞不好也會影響到綜合評分……我還想跟大家一起畢業呢。」

「啊啊……嗯，也是……話說，妳那副眼鏡是？」

「我以要矯正弱視的名目，獲得了學校的許可。」

「……裙子穿這麼短，裡面卻穿運動褲。」

「要是穿裙子做出不良少女的蹲姿，內褲會整個被看到啊……我可不想揹上公然猥褻的罪名，而且一大早汙染大家的眼睛，也對大家不好意思……」

「…………這、這樣啊。」

說來說去，七罪的本性還是很正經。理由不是覺得「丟臉」，而是「不想汙染大家的眼睛」

這一點，也著實很有七罪的風格。

不過，本人大概是被逼得走投無路了，似乎沒發現她做的事情前後矛盾。她露出充滿期待的表情快速站起來。

「怎麼樣？我從一大早就像這樣嚇唬別人，風評應該一落千丈了吧？」

「呃……我也不知道呢。」

真那掏出手機操作。看來是去之前提到的那個地下網站查看學生的反應。

「……『學生會長候選人鏡野同學一身奇怪的裝扮，坐在校舍前不走』、『好可愛』、『雖然在耍壞，但好像有確實獲得學校的許可』、『是個老實人啊』、『好像吉祥物喔』、『鏡野七罪後援會會長好像要拿來當作官方角色「不良七」，用在以後的選舉活動上』、『什麼嘛，原來是宣傳啊』……」

「為什麼啊！話說，後援會會長是誰啊！」

七罪發出哀號般的吶喊後，手裡拿著筒狀紙的花音與紀子便從鞋櫃的方向走來。

「七罪！選舉用的海報畫好了喲！」

她如此說道，攤開手中的紙。

紙上畫著可愛的Q版角色——做出不良少女蹲姿的「不良七」，旁邊還寫著標語「改革！」二字。

改革！
鏡野七罪

「又是妳啊～～！難怪妳剛才拍那麼多照片！」

七罪將有色眼鏡摔到地上，發出快要扯破喉嚨般的吼叫。

這次安慰淚眼婆娑的花音花了將近十分鐘。

◇

「……很好，差不多快到約好的時間了。」

隔天午休時間。

七罪迅速吃完午餐，收起便當盒，從座位上站起來。

「……？妳要去哪裡？」

四糸乃一臉疑惑地詢問。於是，七罪邪魅一笑。

「……有點事，我去談判。順利的話，搞不好能退出會長選舉。」

七罪說完，琴里疑惑地皺起眉頭。

「不是一旦成為候選人，就不能按照自己的意思辭退嗎？」

「……好像是。老實說，我覺得這個制度也有問題就是了……但是既然現在都已經這樣了，只能在這個前提下盡量爭取自己的權益。」

「妳著實是前所未有地積極呢……言歸正傳，妳打算如何？」

六喰歪頭問道。於是，七罪以說明的口吻接著說：

「……我把選舉管理委員高柳學姊約到校舍後面了，打算在那裡提出祕密交涉。」

「高柳——是『鐵娘子』高柳幸代嗎！」

聽見這個名字，真那露出嚴肅的表情。

「七罪，妳太亂來了吧。高柳學姊是出了名的不通人情，就算再怎麼拜託，我想她也不會為妳破例……」

七罪豎起一根手指，「嘖、嘖、嘖」地搖搖頭。

「不對不對，我要提出的是——賄賂喲。」

「「……！」」

七罪的發言令所有人的表情染上驚愕之色。

「賄、賄賂……？」

「沒錯。私下給她錢，拜託她在這次的選舉黑箱作業，『讓我勝出』。」

「唔嗯……？此話怎說？妳不是不想當學生會長嗎？」

六喰一臉困惑地說道。

也不是不能理解她會有這種疑問。因為只聽七罪這番話，她說的根本前言不搭後語。

不過，這就是她的目的。七罪壓低聲音接著說：

「嚴格的學姊當然會斷然拒絕。不……不僅如此，還必須給予光明正大提出舞弊的候選人相應的處分吧。比方說──停止被選舉權之類。」

「「……！」」

大家再次露出驚訝的表情。

「原、原來如此……」

「著實會動歪腦筋呢……」

「……明明不太敢跟初次見面的人說話，虧妳想得出這種辦法……」

「哈哈……為了不當學生會長，這點小事沒什麼啦……」

七罪聳了聳肩露出乾笑。

「當然，為了保險起見，我已經向校刊社告密了。說要是在這個時間去校舍後面守株待兔，可以拍到有趣的醜聞喔……萬一學姊接受我的賄賂或是置之不理，這樣也能夠安心了。」

說完，七罪從喉嚨發出「嘻！嘻！嘻！」的奸笑聲。

那副模樣看起來或許就像個老奸巨猾的魔女。

「事情就是這樣，我去去就回。要是到了約定的時間還沒出現，可就不妙了。」

七罪如此說完，猛然揮了揮手便走出教室。

於是，四糸乃等人交換了一下眼神，收起吃到一半的便當，跟在七罪後頭。

「……咦，妳們為什麼要跟來？」

「抱、抱歉……我有點好奇。」

「別問那麼多啦！」

「……是無所謂啦……」

要對初次見面的人提出舞弊這種行為，說不會感到不安是騙人的。老實說，有她們在後面守著，自己也比較安心。

七罪面向前方，不讓人發現自己微微泛紅的臉頰，就這麼快步走在走廊上。

不久後，來到校舍後方。

那裡已經站著一名戴著黑框眼鏡，將瀏海整齊地梳到額前的女學生。

「——妳就是鏡野七罪？找我有什麼事？我忙得很。」

選舉管理委員高柳幸代發出冰冷的聲音說道，嗓音非常符合她鐵娘子的稱號。

「……啊，那個……是的……」

七罪刻意搓揉雙手，走近幸代。

然後斜眼確認校刊社的人的確躲在草叢後，接著說：

「嘿嘿嘿……事情是這樣的，我想跟妳談談這次學生會長選舉的事……」

「學生會長選舉……？怎麼了嗎？」

「是的……那個，該怎麼說呢？簡單來說……就是賄賂──」

「…………！」

七罪說出這句話的瞬間，幸代當場無力地跪倒在地。

然後眼眶泛起斗大的眼珠，默默地哭了起來。

「咦……？啥……？」

事出突然，七罪慌張地眼珠子直打轉。不過，幸代卻自顧自地滔滔不絕述說起來：

「原來妳知道……我收下二年一班落田同學的錢，打算黑箱操作，幫他贏得選舉……！」

「什麼！不會吧……！」

「雖說是為了母親的醫藥費，但身為選舉管理委員……不對，是身為一個人，這種行為太可恥了……不過，多虧妳，我清醒了！我的內心深處肯定在等待像妳這樣的人出現吧！我現在的心情非常暢快……我要坦承一切，辭去選舉管理委員一職。但是妳不用擔心，我會重新來過！再次找回大家對我的信賴！」

幸代不理會目瞪口呆的七罪，像演音樂劇一般高聲說道。

就在這個時候，躲在草叢裡的校刊社記者和攝影師跳了出來。

「高柳委員！妳剛才說的是真的嗎？」

「沒錯，是真的。我要告發二年一班落田候選人的舞弊行為，同時也要稱讚鏡野七罪學妹的勇氣！」

「咻──果然如匿名告發者所說，真的挖到了一條天大的獨家新聞呢……！」

「這條新聞明天會震撼整個來禪高中呢，社長！」

「…………」

七罪沐浴在相機不斷亮起的閃光燈下，只能呆愣地佇立在原地。

用不著說，隔天的校刊上刊登了七罪大顯神通的表現與魂不附體的照片。

◇

「重點在於轉換思考角度！」

兩天後的休息時間，七罪緊握拳頭向大家訴說。

於是，琴里和真那臉上浮現苦笑。

「怎麼感覺妳的言行舉止一天比一天更像會長了啊！」

「難道妳意識到自己的才能了嗎？」

「別開玩笑了！」

七罪抬起雙手做出翻桌的動作。實際上當然沒有翻，因為翻桌很危險。

「妳說轉換思考角度，這次妳打算怎麼做？」

四糸乃以澄澈的眼神望向七罪。七罪豎起大拇指回應：

「我之前不是想辦法降低自己的評價，或是想退出選舉嗎……？」

「可是──」她語氣激動地接著說：

「我的想法根本是錯的。因為只有一個人能當上會長，只要讓那個個性陽光的學姊當上會長就好了！」

七罪宣言後，琴里她們便「「喔喔～～」」地鼓掌。

「這想法不錯耶。實際上七罪因為告發舞弊事件而評價上升，但城之崎學姊的人氣也不輸七罪喔。」

「唔嗯……不過，具體而言該如何執行呢？」

「很簡單啊。那個學姊的聲望自然不用說，從政見到方針都無懈可擊……」

七罪一邊說一邊操作手機，秀出都在網路上公開的選舉公約文件檔。

不僅是運動健將，頭腦又好，外表也很秀麗，根本完美到令人起疑的地步。可能是前世拯救了德高望重的僧人吧，與前世極有可能為大惡黨的七罪是完全相反的存在。

「……硬要舉出什麼破綻的話，頂多只有她還搞不太清楚大多數學生對選舉政見沒什麼興趣這一點吧。」

「什麼意思？」

「妳看這份文件。內容雖然很出色，但不覺得有點太簡樸了嗎？」

「嗯……聽妳這麼一說，或許是吧。」

琴里點頭表示認同。

「現下的年輕人才不會看這種東西呢。必須在排版方面更加用心，有效地利用插圖……要把吸睛的政策推到更前面才行。大眾是豬，飼料要放到眼前是基本操作。這一點，學姊太高估一般學生了。因為自己很能幹，就不太能料想到懶惰愛耍廢的人吧？」

當七罪仔細說明時，所有人無不瞪大雙眼望向她。

「……幹、幹嘛啦。」

「啊，沒有……」

「妳其實很適合這類工作吧？」

「不過，嘴巴有點毒就是了。」

「……別、別說了，我不是那塊料啦。」

七罪雙頰泛起紅暈，秀出手機畫面繼續說：

「總之，材料都備齊了，接下來只要稍微助她一臂之力，應該就能穩固她的冠軍寶座。我要把這份政見整理得華麗又簡單明瞭，製作成傳單或海報，讓所有學生都知道內容。啊啊，另外製作成宣傳影片也不錯，影像和音樂是洗腦的基本。學姊在社交平臺上傳了不少照片和影片，素材足夠了。呵呵……我已經技癢了……看我完美地把妳捧紅……」

七罪露出邪惡的表情，十指不斷蠢動。不知為何，所有人都流下汗水，露出苦笑。

就在這時——

「……嗯？」

七罪思考著傳單的排版，再次看向手機螢幕後，皺起眉頭。

「？怎麼了嗎，七罪？」

「啊，不，這裡……的計算好像有點奇怪？」

沒錯。政見裡的預算案，計算的數字有點誤差。

「……啊，真的耶。是算錯了嗎？」

「唔嗯。虧妳能注意到呢，七罪。」

「有機會呢，七罪。千里之堤，潰於蟻穴。只要從這裡下手，有可能反敗為勝喔！」

「說得對，這下子會長的寶座就是我的了……才不是咧！」

七罪笨拙地順著裝傻吐槽了，真那便捧場地鼓掌。

「……雖然只是個小錯誤，但不能置之不理。萬一被其他候選人指出錯誤，選票因此分散，我不就會贏得選舉了嗎……」

「好像不願勝之不武的武人會說的話喔～～」

琴里聳聳肩說道，但七罪非常認真。七罪為了逃避會長一職，必須讓都贏得選舉。

「製作傳單時，我們可以擅自修正她的錯誤嗎……」

「可是，原本的文件資料還是錯的不好吧？無法保證不會有人拿傳單跟原本的文件比較。」

「唔……那該怎麼辦……」

聽了真那說的話，七罪愁眉苦臉。於是，琴里理所當然般說道：

「那只能告訴本人了吧？這是最明確的做法。」

「……可是，要由誰去告訴她……」

七罪輕聲低喃後，所有人的視線同時投向七罪。

「…………那、那個……不好意思。請、請問，城之崎學姊在嗎……？」

當天午休。

七罪來到二年五班教室後，發出細如蚊蚋的聲音向門附近的女學生攀談。

雖說已經比以前好多了，七罪還是不太敢跟初次見面的人說話。去高年級教室這種連普通學生都會緊張的事，七罪已經臉色發青，視線游移，汗流浹背。

琴里她們也姑且在不遠處觀察，但不打算上前幫助七罪。嚴格來說，四糸乃與六喰有問七罪要不要陪她去，但被琴里與真那阻止了，因為她們兩人認為這個機會剛好可以訓練七罪。

「嗯？喔喔——」

七罪攀談的女學生一看到七罪的容貌，便像是察覺到什麼，望向教室內。

「喂～～小都～～有人要對妳做愛的告白喲～～」

「——什麼！」

突然聽見出乎意料的話語，七罪吃驚得瞪大雙眼。

不過，教室裡的學生們既不覺得驚訝，也沒有起鬨，而是表現出「啊～～又來了」、「城之崎真受歡迎～～」這種十分沉著的反應。看來這類事例已經多得見怪不怪了……沒想到自己會被看作同一狀況的人。

「不、不是的。我是——」

「——哎呀，這不是鏡野學妹嗎？」

當七罪連忙想辯解時，一名身材高挑的女學生從教室裡面出現——她就是學生會長候選人之一的城之崎都。

她依舊帶著耀眼奪目的氣場，令人不禁懷疑她的背後是否揹著照明。如果這是少女漫畫，在她登場的同時，畫面肯定會飄散著花朵。

「啊……妳、妳好……」

「沒想到妳會來找我，真開心呢。有什麼事嗎？」

都做出爽朗的動作詢問。七罪戰戰兢兢地拿出手機，秀出事先準備好的圖片。

她事先在都的政見出錯的部分用紅字修改好，這樣應該就能用最低限度的對話傳達來意。

「這、這個……」

「嗯？」

都探頭看七罪的手機，不久後才發現那張圖片代表的含意，不由得瞪大雙眼。

「——！糟糕，我竟然在這種地方出錯了啊。是妳發現的嗎？」

「啊……算、算是……吧。」

「謝謝妳，幫了我大忙——不過，妳大可不必特地通知我，只要指出錯誤就能占上風了……我尊敬妳，想報答妳那高潔的精神。如果有任何我能幫上忙的事，儘管說。」

都如此說道，直勾勾地注視著七罪。

這種臺詞往往給人做作偽善的感覺，不過她的語氣、表情證明了這是她的真心話。她整個人耀眼得令七罪心想：早知道就把之前要壞時用的有色眼鏡帶來了。

「我、我沒什麼事需要妳幫忙的……」

「這樣我會過意不去。真的沒有嗎？」

「那、那麼……那個，請妳贏得會長選舉……」

「……！」

七罪說完，都吃驚得瞪大雙眼，接著莞爾一笑。

「……原來如此。妳希望我堂堂正正、全力以赴來競選嗎——？呵，抱歉，我似乎太不識趣了。」

「……咦？啊，不，我不是那個意思——」

「能與像妳這種勁敵交手，我深感光榮。我很期待投票日那天的到來！」

「喔、喔……」

雖然最後階段感覺是雞同鴨講，總之達成目的了。七罪隨便結束話題後，留下一句「那我先告辭了……」便離開教室。

她就這麼小跑步在走廊上前進，彎過轉角後吐了一大口氣。

「呼～～～～～～……——」

「七罪，辛苦妳了。」

「唔嗯，幹得好，七罪。」

等在那裡的四糸乃她們慰勞七罪。七罪一臉憔悴地向她們道謝，等心跳平靜下來後才抬起頭開口：

「……很好，接下來只要照計畫行動就好。我要讓全校學生知道，學姊是多麼適合當學生會長……！」

她說完緊握拳頭。

於是，琴里和真那瞇起眼睛，交頭接耳起來。

「……妳覺得會那麼順利嗎？」

「……不好說。七罪能力雖強，但結局總是事與願違！」

「可以不要觸我霉頭嗎！」

聽見兩人說的話，七罪不禁發出變調的聲音。

◇

——然後，到了決定命運的投票日。

「…………」

七罪坐在排列於體育館講臺上的鐵管椅，不自在地扭動著身軀。

體育館內如今聚集了全校學生，而八名參加學生會長選舉的候選人排排坐在講臺上。

候選人一個一個按照順序出場演說，之後進行投票。這可說是候選人最後的表現時間。

『——從這些資料可得知，本校的活動實績——』

目前在演說的正是城之崎都。

光明磊落的站姿、穿透力十足的聲音、流暢的話語、全身洋溢的自信——

更別說政見內容了，存在感明顯與其他候選人等級不同，甚至有種不協調感，彷彿學生的扮演遊戲中混入了一名真正的政治家。七罪覺得其他候選人有點可憐。

不過，這對七罪而言是福音。因為都越是吸引大家，七罪落選的可能性便越高。

……順帶說個題外話，七罪已經演說完畢了。

內容平凡無奇，專打安全牌。由於緊張得要命，想也知道說起話來必定語無倫次。

——也許有人會認為既然那麼不想當會長，乾脆別參加演說，或在臺上搞怪就好了，但事情沒那麼簡單。雖說單純以一句「個性陰鬱」來概括，「個性陰鬱」也有分屬性。選擇搞怪也是需要勇氣的。其中也存在著像七罪這種陷入無法逃避的狀況時，會選擇先安全度過，等待時間過去的類型。如何平均分配各種類型來達成最佳戰鬥力，是成為陰鬱角色大師的必經之路——七罪因為緊張和混亂，已經搞不清楚自己在想什麼了。

『——以上。謝謝各位的聆聽。』

在七罪思考著這種事情的時候，都結束了演說。體育館籠罩在熱烈的掌聲之中，尖叫聲此起

彼落。

「……看來是……大局已定了呢。」

顯然比其他候選人演說完畢時的掌聲還要熱烈許多。七罪沾沾自喜地竊笑。

當然絕大部分的原因來自都本身的人氣，但這幾天七罪執行的計畫也不能說絲毫沒有作用。

沒錯。七罪在那之後，按照計畫張貼了都的非官方海報，發送非官方傳單，上傳非官方宣傳影片到網路上。

請真那上地下網站查看評價，發現似乎引起極大的反響。正如七罪預想的，有不少學生是透過傳單才開始對政見感興趣。

這下子除非有什麼特別的情況發生，否則都是穩操勝券了。

『——接下來進行投票。請在手邊的紙上寫下一名候選人的名字，投入投票箱。』

擔任司儀的選舉管理委員學生用麥克風宣布。

於是學生們聽從指示，開始投票。

回到教室後，各班進行投票，改天發表結果——一般是按照這樣的順序，但這所高中似乎是現場投票、開票、發表結果。

雖然覺得這種方式有點沒效率，但此時此刻七罪也贊成這個做法。

她死也不想當學生會長。不過，透過自己擬定的計畫讓大眾依照自己的想法行動這件事，對七罪來說充滿神祕的魅力。

『——那麼，開票結束，接下來發表結果。』

不久後，擴音器再次響起司儀的聲音，體育館的照明逐漸轉暗。

與此同時，投影機的光線在講臺上的螢幕映照出得票畫面。

從下方從得票數少的候選人開始依序顯示名字。

然後，最上方記載的名字是——

『——第一名，城之崎都同學，兩百九十五票。』

「……好耶……！」

司儀宣布後，七罪握拳擺出勝利姿勢。雖然反應有點誇張，但現在體育館燈光昏暗，不會有人發現。

考慮到全校學生人數，這得票數稍嫌少，不過第一名就是第一名。這下七罪總算能安心——

『——並列第一，鏡野七罪同學，兩百九十五票。』

「…………什麼！」

聽見司儀接下來的發言——

七罪發出變調的聲音，響徹整個體育館。

「哇～～……竟然會同票數呢。」

琴里從體育館的臺下眺望著臺上，感嘆地說道。

大概是這個結果實在出乎眾人意料，只見周圍的學生也開始發出嘈雜聲。

「嗚哇，真的假的？同票？你們投誰？」

「我？城之崎學姊。因為她很帥啊，由那種人當學生會長，感覺能拿出來說嘴。」

「咦，我是投鏡野。跟她讀過同一所國中的人應該都是鏡野派。」

「咦～～都學姊比較讚吧～～提出的政見也有模有樣……」

「不不不，論政見，鏡野同學也不輸都學姊喔，因為夠簡單明瞭。只是不知為何，她發傳單時戴著墨鏡跟口罩就是了。」

聽見以上的意見，琴里與附近的真那四目相交。

「……等一下，該不會……」

「……看來好像是那樣沒錯。」

說完，兩人發出低吟聲。

「咦……？」

「唔嗯，目前是何種狀況？」

四糸乃與六喰歪頭表示不解。琴里額頭冒出汗水回答：

「我猜啦……七罪不是有把城之崎學姊的政見重新製作成比較容易理解的傳單嗎？因為是七罪發的，就有人誤以為那是七罪提出的政見吧……？」

「啊——」

「竟然……」

聽了琴里說的話，四糸乃與六喰瞪大雙眼。

沒錯。七罪沒有僱人發傳單，也沒有放在某處任人隨意拿取，而是親力親為。基本上還是有喬裝打扮的樣子，但顯然被人看穿了身分。

……依七罪的個性，或許還以為：「應該沒人會在意我這種人，隨便喬裝一下就夠了……」

正如七罪所說，也許城之崎都因為自己優秀，就真的沒有考慮到理解能力較低的學生。

而七罪則是因為對自己太沒自信，過於低估了自己的人氣和知名度。

「這……可真是……」

「很符合七罪風格的結局呢……」

琴里等人仰望著在臺上驚慌失措的七罪，無力地露出苦笑。

『呃……真是傷腦筋呢。遇到這種情況應該怎麼辦才好——』

在學生們議論紛紛時，擴音器傳來司儀困惑的聲音。

說到七罪，她因為意想不到的結果而凍結在原地，只能呆愣地望著螢幕。

就在這時——

『——各位，請聽我說。』

一道凜然的聲音響徹整個體育館。

不知何時，都再次站上講臺。

「……！」

她的聲音令七罪輕輕抖了一下肩膀，回過神來。

於是都看著七罪，莞爾一笑後對著麥克風繼續說道：

『首先感謝投票給我的各位，謝謝你們。我感到無比光榮。』

都的聲音帶來零星的歡呼聲。

都面帶笑容回應那些歡呼聲後，垂下視線。

『——對於這個結果，我感到驚訝的同時，也有一種莫名的認同感。之所以這麼說，是因為前幾天，鏡野七罪同學指出我政見上的失誤，並且予以修正。』

「…………——什麼？」

聽見都突然提起自己的名字，七罪發出錯愕的聲音。

心臟撲通撲通跳得愈來愈激烈，不祥的預感充滿肺腑。

──等一下，冷靜點，妳打算說什麼？

七罪的危險號誌亮起紅燈，她想大聲吶喊阻止都。

然而可悲的是，七罪並沒有向站在講臺上面對全校學生演說的對象搭話的社交能力。

『如果沒有她的指摘，結果可能會完全不同吧──不需要進行第二輪投票。只有像她這種擁有高潔精神的學生，才適合當選代表全校學生的學生會長。我願意成為副會長支持她。

──各位，請以熱烈掌聲恭喜鏡野七罪學生會長！』

都高聲宣言後──

「──喔喔喔喔喔喔喔喔喔喔喔喔喔喔！」

「不要啊～～～～～～～～～～～～！」

回應她的是全校學生的歡呼聲與七罪的哀號聲。

◇

「──結果她的所做所為全都適得其反呢……」

「是啊。該說真符合她的風格嗎？如果她不沒事找事，搞不好就是城之崎學姊獲勝了。」

「可是……我認為七罪一定能成為非常優秀的學生會長。」

「唔嗯。這可謂是無庸置疑的——其實妾身私底下亦投了七罪一票。」

投票日隔天。

琴里等人走在學校的走廊上，聊著上述的內容。

「——啊，果然嗎？其實我也是。」

「看來大家想的都一樣呢。」

「啊哈哈……」

琴里、真那、四糸乃以笑回應六喰。

於是，走在前方的花音露出驕傲的笑容。

「呵！不愧是七罪。身為代表推薦人的我也跟著走路有風了起來！」

「善意的鄰居是最麻煩的呢。」

「愛是無罪的！」

紀子出言諷刺，花音不知是否有察覺話中含意，依舊以平常的口吻回答。兩人鬥嘴的樣子又令人會心一笑。

「所以，七罪現在在學生會室嗎？」

「對。好像跟城之崎學姊兩個人在著手準備新學生會的啟動。」

來禪學生會在學校投票決定會長後才開始招募其他幹部，由會長決定人選。

本來副會長的職位也必須透過這樣的方式決定，但對方都那樣大肆宣言了，禁不起同儕壓力的七罪也只能承認了吧。

「不過，這對七罪來說也是個寶貴的經驗……突然要她這個新任學生會長率領一堆陌生人，門檻太高了。」

「對啊……而且，能跟七罪相處的時間減少了，感覺很寂寞呢……」

「唔嗯。對妾身等人而言，亦是寶貴的經驗。」

「我有社團活動要參加，沒辦法一直待在那裡，但既然我答應了就不會半途而廢。」

「呵──大家的友情讓我感動得有點想哭呢！」

「因為花音一直都沒朋友！」

「紀子，妳不是我的朋友嗎！」

一行人一邊閒聊一邊來到學生會室前。

門前放著一個上頭有個洞，類似信箱的扁平盒子。

那是受理招募新學生會幹部的申請箱。

「──班級、姓名、希望的職位。嗯，沒有遺漏。」

「唔嗯。那就——」

琴里等人將手上的文件折成三等份，依序投入申請箱。

——就這樣，以七罪為會長的新學生會就此啟動。

這個學生會之後將成為傳說，流傳後世——

而此時的她們還不得而知。

異鄉精靈

StrangerSPIRIT

DATE A LIVE ENCORE 11

——那光景只能說是惡夢。

映入眼簾的景色宛如遭到隱形巨人的肆虐，接二連三改變樣貌，逐漸崩毀。

無法理解的現象，超越人類智慧的異常。

不過，唯獨一件事是確定的。

那就是這個超常的現象是由一名飄浮在空中的女子所引起的。

她擁有一頭褪色般的長髮，破破爛爛的黑衣隨風飄揚。由於被頭髮與光線阻擋，看不清她的容貌和表情，但光是她的輪廓便足以令在場的人感到絕望。

「啊，啊……」

斷斷續續響起的破壞聲中，不知從何處傳來某人的聲音。是誰的聲音並不怎麼重要。目睹眼前光景的所有人肯定都抱持著同樣的感想。

沒錯。他們的腦海裡掠過了某個名字、某個身影。

從電視播放的影像、網路的影片中——或是肉眼所見。

所有人過去都曾見過一次，無可比擬的絕對存在。

「那是……」

某人的聲音再次響起。
編織出存在於每個人心中的那個名字。
「——精……靈……」
——昔日毀滅這個世界的存在。
◇
吹過荒涼原野的沙塵似乎能直接風化萬物。樹木乾枯、河川乾涸，逐漸變化成砂石大地。
當然，單純的沙塵要造成這樣的景色需要漫長的時間，但擴展在眼前的世界就是荒蕪到令人陷入這樣的錯覺，只有空地綿延不絕。
不，正確來說，並非真的空無一物。看似平坦的地面布滿無數微小的高低差與凹凸處。
這一帶恐怕曾是住宅區吧？疑似圍牆與房屋基礎的直線痕跡，透過越野車的輪胎與老舊的座位化為微小的震動，向司機與共乘者傳達些許過去世界的氣息。
「好了，這裡是哪一帶呢？建築物自然不說，連遠處的山巒都被夷平了，地圖上找不到。」

「唔……」

司機低喃後，坐在隔壁的共乘者便簡短地回答。不過，之後就沒有再說一句話。

司機輕聲嘆息。共乘者也並非沉默寡言之人，只是提到這個話題便不得不沉思半晌。

不過，這也是無可奈何的事。熟知過去世界的人看到擴展在眼前的光景，不可能不抱持任何感慨。而且——

「哎呀？那是——」

就在這時，司機眉毛抽動了一下。

因為他在越野車前進的荒野前方看見了有別於先前的景象。

各處隨便修補的房屋。

房屋周圍有著翻掘地面的簡易農田。

再更前方則是一片空無一物的荒野。

那便是夏原早穗的全世界。

她是一個把頭髮往後紮起的嬌小少女。今年即將滿十歲，但體格在同齡小朋友當中也特別小巧。身上穿的衣服尺寸較大，經常挽起袖子——但她並未因此有什麼不滿。畢竟現在這個時代，小孩子的服裝算是奢侈品。

「…………」

早穗坐在被丟棄的超商招牌上，望著天空發呆。村落飼養的小花貓萊卡則是舒服似的窩在旁邊。

她的舉動並沒有什麼意義，只是有空閒時，她經常這麼做——感覺能排遣一點包圍自己的封閉感。

以前有更多相鄰的建築物，街道延伸到更遙遠的地方，如今卻慘不忍睹。她不認為大人在說謊，但老實說，因為情況太過離奇，沒什麼真實感。

就在這時——

——喵。

萊卡突然動了一下耳朵，抬起頭。

「嗯？怎麼了，萊卡——」

話音未落，早穗也發現了有低沉的聲音從遠處傳來。

「……！」

察覺到那是車聲的瞬間，早穗抱起萊卡躲在建築物後面。因為會從村外來到這個村落的，頂多只有「教團」的人。

不久後，一輛越野車劃破沙塵現身。車身髒兮兮的，恐怕長期沒有維修了吧。左邊的車頭燈破裂，呈現出單眼的樣貌。

「——唔嗯，建築物有修補的痕跡呢。還有農田，應該有人居住吧？」

「…………」

越野車停下，有兩個人從車上下來。

一人是女性，身穿與荒野格格不入，類似喪服的洋裝。如同她駕駛的越野車，左眼罩著黑色眼罩。

另一人則是身穿深灰色外套的少年。中等的身材，中性的五官。不知為何，他的表情看起來有些憂鬱。

「——————」

雙方都是早穗第一次見到的人，她有些緊張地嚥了口水潤喉。

想必是在這時放鬆了手的力道，只見萊卡從早穗的懷裡跳走。

「啊……！」

早穗伸出手，卻沒有抓住牠。萊卡就這麼跑到神祕二人組的面前。

「——哎呀？」

喪服女看著湊近她腳邊的萊卡，倏地瞇起眼睛。她那邪魅的眼神令早穗微微倒抽一口氣。

不過——

「竟然有小貓咪……！我好久沒看見貓了呢。呵呵呵，你從哪裡來的呀？」

喪服女先前優雅的態度瞬間瓦解，表情柔情似水地跪了下來，以熟練的手勢來回撫摸萊卡的下巴和腹部。

「哎呀、哎呀。你有戴項圈，表示是有人飼養的貓咪嘍？你叫什麼名字呢？呵呵呵，可以告訴我嗎喵——」

就在這時，喪服女的言行突然停止。

早穗立刻便察覺了理由——恐怕是因為她與打算帶回萊卡而伸出手的早穗對上視線了吧。

「……咳。」

喪服女輕輕清了一下喉嚨後，拍落膝蓋上的沙子。

「妳好呀，妳是住在這附近的居民嗎？」

然後以優雅的動作如此說道，宛如不曾露出剛才那種柔情似水的表情。

……不過，看起來應該不像壞人吧。早穗輕輕苦笑了一下，從瓦礫後面走了出來。

「你們好……你們是誰？」

「啊啊，失禮了。我叫時崎狂三。」

說完，喪服女拎起裙襬，畢恭畢敬地行了一禮。看見她優雅的動作，早穗不禁也點頭朝她致意。

「這位是——五河士道先生。」

緊接著，狂三向她介紹少年。

「……請多指教。」

他微微頷首，並且簡短地打了招呼。

「呃，我是早穗，夏原早穗。牠是萊卡。」

「謝謝妳仔細的介紹——那麼早穗小姐，我有事情想請教，有大人在嗎？」

「啊……呃，有。這邊請。」

早穗被狂三的氣勢所震懾，點頭回應後，便伴隨兩人前往村落的入口。

「狂三，那是……」

在早穗的帶領下走在瓦礫原野約三分鐘後，似乎發現什麼的士道發出呢喃般的聲音。

狂三立刻便知道他發現了什麼，因為前方有間疑似以廢材蓋成的小屋。

而屋頂下的地面有個長方形的大洞，並且能看見一條長長的階梯往地下延伸。

「沒錯。看來是利用了地鐵站呢。」

狂三輕輕點頭回答士道。

數年前，「精靈」將地上破壞殆盡後，好不容易存活下來的人們便將生活基礎移到精靈看不見的地下。

話雖如此，不靠重機械在地下建造居住區是十分困難的事。挪用原本就有的地鐵站可說是明智之舉，不僅能確保足夠的面積，主要的車站大多還附設空間震用的避難所，也有發電設備和儲備糧食，實屬最佳的應急場所之一。

「小心腳下。」

早穗說完這句話後，駕輕就熟地走下階梯。狂三與士道追在她身後，腳步踏在階梯上引起回聲。

不知道走了多久，過了一陣子，一行人來到一個寬敞的空間。

被電燈照亮的地鐵站中，出現的人數比想像中還要多。大概是已經在這裡生活很久了，只見有無數用廢材建造而成的牆壁和圍籬，儘管狹小，仍舊確保了私人空間。

有女性在水桶裝滿水洗衣服；有男性在修理電器；一群小朋友天真無邪地到處跑來跑去；有老人擺攤販售疑似在地上發現的雜貨——

形形色色的人過著各自的生活。與其說是臨時的避難所，說是一個城鎮還比較妥當。

「這可真的……」

狂三不由自主地發出讚嘆，對於人類的堅強感到小小的感慨。

雖然不可能是因為聽見她的呢喃而起疑心，從狂三他們踏到地下的瞬間，便感受到附近人們的視線。

這也難怪。在這種時代，會對陌生的來訪者有所戒備也是理所當然吧。

「…………？」

不過，感覺有點奇怪。狂三微微瞇起眼睛。因為他們注視狂三等人的目光中除了警戒，還透露出類似畏懼的感情。

「有什麼問題嗎？」

「啊啊，沒有。沒事。」

早穗一臉疑惑地詢問。狂三簡短地回答後，再次移動停下的雙腳。

數分鐘後，早穗在某個場所前停下腳步。

那是用廢材牆壁區隔出來，比居住空間寬敞一點的地方。桌椅擺放的間隔很隨意，裡面可看見吧檯。有幾名疑似顧客的男人小口地品嚐裝在玻璃杯裡的酒。

看來似乎是餐酒館之類的場所。

「……在酒吧蒐集情報，好像西部劇或是奇幻世界呢。」

狂三苦笑著說道，早穗便走向店內深處，對疑似老闆的壯漢說：

「爸爸，有客人喔。」

「……嗯？」

老闆——既然是早穗的父親，應該姓夏原吧——聽見她說的話，懷疑地瞇起眼睛後，目不轉睛地瞪視狂三與士道。

本來還以為小孩選這種場所未免太上道了，看來單純只是她父親開的店。狂三輕聲嘲笑自己貿然做出錯誤判斷的行為，並和剛才一樣向對方打招呼。

夏原謹慎地看著狂三與士道的容貌，不久後輕聲嘆了一口氣。

「……你們應該不是教團那群人吧。」

「教團？什麼意思？」

聽見陌生的詞彙，狂三歪頭表示不解。不過，夏原像是不願多說地搖頭，接著說：

「沒什麼，倒是你們究竟是何方神聖？看起來也不像是政府或外國救援隊的人。」

「是的，很遺憾，我們只是旅客。」

「旅客啊……」

夏原狐疑地皺起眉頭。他會做出這種反應也是理所當然。畢竟在這種時代，沒幾個人願意四處旅行。

「很不巧，這一帶沒什麼觀光地。以前可能有，現在全都變成空地了。」

「關於這件事，我有些問題想請教您。」

「有問題想請教？」

夏原挑起一邊眉毛反問。看來不至於會吃閉門羹了。

狂三先鬆了一口氣後，瞄了一眼隔壁的士道，接著在店內的吧檯區坐下。

「——在那之前，我是否能夠點餐？最近都沒有吃到熱食。當然，我會付餐費。看樣子，你們做生意還是使用日幣對吧？」

「…………」

於是，士道也配合這句話，坐到狂三隔壁的座位。

他雖然沒有說話，但從他不停搖晃的肩膀和有節奏地敲打吧檯桌面的手指，可判斷他似乎非常期待餐點。

不過，這也難怪。狂三之所以要求在談話之前用餐，是因為他表現出飢餓的態度。

「……這倒是無妨啦。我先聲明，這裡可沒有菜單那種方便的東西，只有當天能提供的餐點而已。」

「當然沒關係。我想想，三，不對，四人份……」

「…………」

說到一半，狂三打住話頭。因為士道輕輕拉了拉點餐的狂三的袖子。

「……麻煩給我五人份。」

狂三苦笑著更正點餐的數量。

「——欸欸，你們兩個是從哪裡來的呢？」

當狂三與士道享用久違的熱食，吃得津津有味時，在吧檯桌面托腮的早穗探頭看兩人的臉並發問。

「早穗，不要打擾他們吃飯。」

「呵呵呵，沒關係。」

狂三輕輕微笑，停下用餐的手，面向早穗。

「我們是來自離這裡稍微偏東的——天宮市。」

「天宮……？」

早穗歪過頭後，吧檯內的夏原便盤起胳膊開口：

「東京嗎——實際上如何？還保有首都的機能嗎？從那天開始，我們就幾乎無法得知其他消息了。」

「很遺憾，天宮市反而就像是原爆點。」

「……這樣啊。」

夏原語帶嘆息地說道。雖然看似有些失望，但又像是早已預料到這個答案。

「這個國家真的完蛋了呢。不對……是這個世界。」

「…………」

夏原露出遙想過去的眼神呢喃，原本大快朵頤的士道突然停下手。

狂三瞥了他一眼，緩緩搖頭並接著說：

「——才沒這回事呢。有許多像你們一樣倖存的人。距離日本遙遠的區域受害較不嚴重，也有國家還保有國家的門面。而且——」

「而且？」

早穗反問狂三。她睜大圓滾滾的雙眸，目不轉睛地盯著狂三。

狂三莞爾一笑後，豎起食指繼續說：

「——搞不好某天早晨醒來後，會發現那場大靈災根本『沒發生過』喔。」

「咦咦……？」

聽見狂三說的話，早穗一臉懷疑地皺起眉頭，夏原也做出類似的反應，當中還參雜了一點傻眼。看來他們以為狂三在開玩笑或耍幽默。

不過，他們的反應也在預料的範圍內。狂三並未抱怨不滿，她低垂視線，將裝在器皿中的熱

湯送入口中。雖然只是燉煮蔬菜碎片這種簡樸的料理，但味道十分美味。

「……對了，妳不是說有事想請教嗎？」

「是的——我想請問這一帶的靈脈在哪裡。」

「靈脈？那是什麼？聽都沒聽過。」

「稱呼並不是那麼重要。靈峰、禁地、有出過問題的場所，什麼都可以。只要是有力量的土地，就算留下什麼傳說也不足為奇才對。」

「就算妳這麼說……啊！」

夏原像是想起什麼似的眉毛抽動了一下。

「……很久以前，祖母有警告我不准進入神社的後山，說有東西在作祟。」

「唔嗯，真有意思——可以告訴我詳細的場所嗎？」

「好，是在我老家那裡。從這裡的話——」

夏原簡單說明地點。

狂三從懷裡掏出寫了許多註記的地圖後，用筆畫下新的記號。

「……不過，地形變化如此之大，或許沒辦法提供參考就是了。」

「不會，多謝您的幫忙。」

「不過你們去那種地方做什麼？特地去被詛咒嗎？」

「不是，只是——去拯救一下世界而已。」
狂三說完，夏原瞬間瞪大雙眼，接著聳聳肩嘆息道：
「……喔，這樣啊。那最好別浪費時間，吃完飯就立刻動身吧。」
「哎呀，真無情呢。我們當然打算及早動身……不過，我們已經好幾天沒有洗澡了，這個城鎮有類似旅館的地方嗎？」
「就算有那種地方，有誰會使用啊。」
「說得也是呢。」
狂三笑了笑，夏原便像是有點煩躁地搔了搔頭，指向店門口。
「……從這裡出去，往左一直走，有避難所的公共澡堂。早穗，等一下帶他們去。」
「嗯。」
「非常感謝您這麼顧慮周到。」
狂三畢恭畢敬地行過一禮後，夏原便露出嚴肅的表情繼續說：
「不過，不能留宿。我不會害你們，洗完澡快點離開這裡。」
「哎呀、哎呀，這種世道，外地人果然惹人嫌呢。」
「我不是那個意思，而是在說像妳這樣的美女待在這種地方，容易遇到危險。別廢話了，在那些傢伙來這裡之前——」

夏原話說到一半，狂三眉毛突然抽動了一下。

理由很單純。因為從店外的地下道傳來居民們的喧鬧聲。

「什麼事？」

「嘖……」

夏原氣憤地咂嘴後，幾名身穿畫有奇特圖案的斗篷的男人正巧走進店內。

大概是看見他們的關係，店裡的客人不是撇過頭避免與他們對視，就是默默離開店裡。

「嗨，老闆，我們今天也來捧場嘍。」

站在前頭的男人態度傲慢地對夏原說。年紀大約三十五歲左右，個頭雖高，但大概是因為沒長什麼肉，輪廓看起來很細長。頭髮剃得光溜溜的，只看髮型的話會以為是某處的僧侶，但他腦袋上的低俗刺青毀了那個印象。

「……歡迎光臨，金城先生。」

夏原不悅地皺起臉應對。被稱為金城的男子並不怎麼在意，隨同其他男人一屁股坐在附近的座位。

「先各來一杯酒，還有隨便幾樣下酒菜——」

就在這時，金城像是發現了什麼似的睜大雙眼，吹了吹口哨。

接著從椅子上站起來，不自然地晃動肩膀，走到狂三他們所在的吧檯。

「怎麼，今天竟然有個大美人光顧啊。老闆，你這就不上道了。怎麼不介紹給我認識呢？」

「……只是客人而已，請不要惹事。」

「啊哈哈！你在擔心什麼，我才不會做那種事咧！畢竟我也受到這家店不少照顧——只是，偶然相遇的男女相談甚歡，也是酒吧的醍醐味吧？」

金城一邊說一邊厚臉皮地坐到狂三隔壁的座位。

「小姐，如妳所見，我們就是一群臭男人。不介意的話，可否陪我們聊聊天啊？」

「哎呀、哎呀，真是傷腦筋呢。如你所見，我正在用餐呢。」

「別這麼說，聊個天嘛。」

即使狂三委婉地拒絕，金城依然不屈不撓，嬉皮笑臉地抓住狂三的手臂。

「看妳穿著喪服，應該是個寡婦吧？夜晚很寂寞吧？要不要老子撫慰妳寂寞的心靈啊？」

金城露出下流的笑容。坐在後方座位，疑似他部下的男人們也跟著發笑。

狂三倏地瞇起眼睛後，莞爾一笑。

「這可真是——說到服裝，你這身打扮也很適合呢。」

「嗯？啊啊，對吧？這件斗篷可是只有被選中的人才能穿的——」

「是在扮演火柴棒吧？完成度真高呢。」

「…………」

聽見狂三說的話，金城的表情驟變。或許是因為沒有頭髮，可清楚看見他的額頭變得通紅。後方的座位傳來噗嗤的噴笑聲。看來是金城的部下忍不住笑了出來。被金城狠瞪後，部下立刻裝傻帶過。

金城恐嚇似的皺起眉頭，猛然從椅子上站起來。

「……我最近有點耳背，聽不太清楚，妳可以再說一次嗎？」

「哎呀哎呀，你的臉紅得像猴子屁股呢，現在也快要將火點燃似的。到了這個地步，竟然還能再提高完成度，簡直是巧奪天工呀。」

「妳說什麼！」

狂三說完後，金城大聲怒吼，踢飛椅子。椅子撞到附近的桌子，桌上的玻璃杯應聲破裂。

「脾氣真暴躁呢。這樣子很快就會燒完了喲。」

「還不給我閉嘴，妳這個臭女人——」

金城大聲怒吼，試圖揪住狂三的胸口。

不過，他的手指沒有碰到狂三。

——嘶——！

因為不知是被巨大的聲響嚇到還是感受到金城的敵意，萊卡豎起毛，開始威嚇金城。

「！萊卡，不可以——」

「煩死——了！」

即使早穗出聲制止也為時已晚。金城不耐煩地說道，粗暴地踢飛萊卡。

「萊卡！」

早穗連忙跑到萊卡身邊。

萊卡似乎並無大礙。這也難怪，因為及早發現事態的士道以迅雷不及掩耳的速度朝地板一蹬，接住了被踢飛的萊卡。順帶一提，他好像還在用餐，嘴巴不停地在咀嚼。

狂三見狀微微鬆了口氣後，面向金城。

「——你剛才做了什麼？」

「……啥？」

「你無禮地想觸碰我，我尚且不跟你計較。踢飛椅子也沒有波及到我——可是，傷害貓咪我可不能當作沒看見。」

「妳在囉嗦什麼啊！」

金城火冒三丈地皺起臉孔，從斗篷的內側掏出手槍。夏原和剩下的客人見狀，不禁倒抽了一口氣。

「算了，麻煩死了。喂，你們幾個，把這女人隨便綁一綁扔到車上——」

金城對部下下達指示的聲音突然中斷。

因為狂三揚起裙襬伸腳一踢，將他手中的手槍踢飛到天花板。

「什麼——」

金城口中發出的只有驚愕聲。那聲音聽起來像是還無法正確掌握剛才到底發生了什麼事情——持槍者不該表現出這種愚鈍。

「我來教你槍要怎麼使用吧。」

狂三冷淡地說完，從裙子裡拔出一把老式手槍，射出一枚漆黑的子彈擊中他的腳。

「呀——啊啊啊啊啊啊啊啊啊！」

金城的腳背濺出鮮血，震耳欲聾的慘叫聲響徹整個店內。

「好、痛啊～～！痛死我啦～～～……！啊！啊啊啊啊！」

金城翻跟斗似的跌倒在地，抱著腳發出呻吟。

狂三無奈地聳了聳肩後，做出將子彈塞進手槍的動作——本來不需要做出這種動作，不過讓人以為這是把「普通的槍」，做起事來會比較方便。

「真沒用，受這點小傷不會死的啦。」

狂三一副傻眼的樣子說道，並且將槍口指向金城的眉心。

「必須——瞄準這裡才行。」

「噫、噫噫噫噫噫噫！」

金城像發生痙攣似的吶喊，淚眼汪汪地在地上爬。看見他那副窩囊的模樣，狂三唉聲嘆氣，瞇起眼睛說道：

「那邊那群人，快點帶著這位消失吧。最近扳機鬆弛了，可能會不小心走火喲。」

「是……是滴……！」

狂三說完後，金城的部下們完全被狂三的氣勢所震懾，立刻站起來，帶著呻吟的金城離開店內。

「真受不了。」

當男人們的背影小到看不見時，狂三才將手槍收進裙子內，走向士道等人。

「早穗小姐、士道，萊卡沒事吧？」

「是的，應該沒事。」

「……沒事。牠在被踢的瞬間，好像有躲開。」

「那就好，不愧是貓咪。」

狂三呵呵笑了笑，撫摸萊卡的喉頭。小花貓撒嬌似的喵喵叫。

「……妳惹了大麻煩呢。」

夏原從吧檯內發出戰慄的聲音。狂三傻眼般低垂視線。

「他們又不是什麼大人物，雖然有槍是滿危險的，但憑他們的膽量，我看也不敢開槍吧。」

「……他們的確不是什麼大人物……問題在於，他們的老大。明天一定會來報復——已經無法挽回了，跟精靈教團為敵這件事。」

聽見夏原說的話，狂三與士道不禁彼此對望。

「精靈……」

「教團。」

然後複誦令兩人好奇不已的名字後，面向夏原。他似乎把兩人的反應解讀成驚愕或戰慄，語氣沉重地接著說：

「……沒錯。你們也知道吧，數年前毀滅這世界的存在——『精靈』。他們是信奉精靈的信徒……不過，教團只是徒有虛名的地痞集團就是了。他們從約半年前出現，在這個村落為非作歹。說要是我們反抗，精靈大人不會饒過我們。」

「真無聊。這不是憑藉精靈是人們恐懼的象徵，擅自利用精靈的名字而已嗎？」

即使狂三傻眼般說道，夏原依然一臉陰鬱。

「……我們一開始也是這麼想的，可是不小心看見了他們的老大——是真正的精靈。」

「…………沒有弄錯嗎？」

「沒有。那是他們最早出現的時候，我們當然打算把他們趕走……可是，那時卻出現了一個飄浮在空中的女人，隨後地面突然爆炸，四周的景色也驟然改變。現在回想起來依然顫抖不已。

那樣的人不是精靈還能是什麼呢？」

「唔嗯……」

狂三將手抵在下巴沉思後，士道拉了拉她的衣襬。恐怕他想的也跟狂三一樣吧。

「──狂三。」

「是的，我想應該是。」

「那麼──」

士道的手加強了力道。不過，狂三緩緩搖了搖頭，用只讓士道聽得見的聲音繼續說道：

「冷靜一點。我能明白你的心情，但若是能達成我們的目的，這個問題本身就會『消失』。沒必要特地花費時間與精力，你說對嗎？」

「這個嘛……」

狂三說完後，士道表現出一副垂頭喪氣的模樣。

「不過──說得也是。」

就算頭腦能理解，內心能不能接受又另當別論了。狂三語帶嘆息地聳了聳肩。

「我實在有點累了，想久違地沖個澡，在床上好好睡一覺。明天早上如果有礙事的人出現在我們的面前──也只好擊退他們了。」

「…………！」

狂三說完後，士道立刻抬起頭。

◇

——夜幕降臨，士道來到村落的出入口處，坐在地上仰望星辰。

結果那場騷動後，士道與狂三告知夏原等人他們要在村落留宿，迎擊可能會來報復的精靈教團。

由於是在聽了不少精靈威脅的事蹟之後，夏原與其他居民們懷疑他們是否瘋了。

話雖如此，若是精靈教團來報復的時候，狂三與士道不在場，會害村落遭受無妄之災。夏原等人應該也明白這一點吧。儘管表情五味雜陳，還是答應了士道與狂三提出的要求。

「…………」

士道之所以特地來到外面，並非因為睡不慣床，而是判斷既然精靈教團未必會在明天早晨才出現，還是提高警戒為妙。

而且，還有另一個原因。

「嗯——」

士道伸了一個大懶腰後，將右手放到胸前。

雖說是無可奈何，他還是有些累了。趁現在四下無人——

「——啊，你果然在這裡。」

「……！」

後方突然有人向他搭話，士道慌慌張張地將手擺回原來的位置。

循聲望去，發現是早穗和萊卡不知不覺從階梯冒出頭來。

「早穗，還有萊卡……怎麼了？你們不睡覺嗎？」

「這個。爸爸要我來送宵夜。」

士道詢問後，早穗便將手裡的容器遞給他。透明的保鮮盒裡塞滿兩顆大飯糰。

「這、這是……」

看見那個的瞬間，士道的肚子發出咕嚕咕嚕的叫聲。晚餐的味道絕對不差，但量稍嫌不足。

士道本以為自己隱藏得很好，看來還是被看穿了。

「……謝謝，我會好好享用的。」

「好的。」

士道說完後，早穗就這麼在士道的附近坐下。

「欸，士道先生。」

「嗯……什麼事？」

「你們為什麼在旅行呢？」

「……狂三不是說過嗎？為了拯救世界。」

士道如此說道，接著搖頭否認。

「不對，是為了更私人的理由……我有想重新來過的事。」

「這樣啊……」

早穗一知半解似的如此回答。她沒有表現出懷疑的模樣，但也不像相信士道。想必與士道聊天才是她的目的吧。

「……早穗。」

「什麼事？」

「假如，我說假如。假如沒有發生大靈災，世界沒有像現在這樣毀壞……妳會想做什麼？」

「咦？唔～～……」

面對士道的提問，早穗面有難色地發出低吟。

「我對以前的事情沒什麼印象了。所以，我也不太清楚。」

「……這樣啊。」

士道簡短回答。以早穗的年齡來說，不太可能什麼都記不得。也許是因為某種衝擊，喪失了一部分的記憶。

「啊，不過……」

早穗像是想起什麼事情似的雙眼圓睜。

「——媽媽。」

「唔？」

「我媽媽好像是死於那場大靈災。所以……如果可以，我想再跟她一起生活。」

「…………」

聽見早穗說的話，士道沉默了半晌。

之後，把手放到早穗的腦袋，胡亂摸了摸。

「哇！你幹嘛啦？」

「……我聽見妳的願望了。所以，再稍等一下。」

士道加重手的力道，向星星起誓般如此說道。

◇

隔天早晨，塵土飛揚的荒野佇立了兩道人影。

一道人影是身上綴有黑色蕾絲的喪服隨風飄揚的女性——時崎狂三。

另一道人影則是穿著破爛斗篷的少年——五河士道。

兩人宛如守護神社的狛犬，要不然就是金剛力士像，占據地下村落入口的左右兩側，等待敵人的到來。

「——我先確認一下，那個叫精靈教團的，會從這個方向過來沒錯吧？」

狂三以單眼眺望著地平線，靜靜地發出聲音。

「……嗯，沒錯。雖然不清楚詳細的場所，但那些傢伙總是從北方過來。他們的大本營應該在那裡吧。」

於是，從後方的瓦礫暗處傳來夏原的聲音。

待在那裡的不只有他。用自製的武器和防具武裝自己的地下村落居民們也潛藏在四周，觀察情況。

村落的居民們似乎也受不了教團的蠻橫，明白難逃一戰的道理後決定參戰，同生共死。

「很好。要是從後方來，就沒辦法耍帥了。」

狂三鬆了口氣說道，繼續出言提醒：

「——我再三提醒你們，直到我們倒下之前，千萬不要出手……應該說，你們只會絆手絆腳，可以的話，希望你們待在地下。」

「混、混帳。我們怎麼能躲在地下！」

夏原發出顫抖的聲音吶喊道。

「我們也很怨恨他們。精靈的確很可怕，但反正要死，起碼得對小嘍囉報一箭之仇才行——老實說，當妳狠狠教訓金城那傢伙時，我雖然大呼不妙，卻覺得大快人心。」

聽見夏原說的話，其他的居民也點頭表示贊同。

「哎呀、哎呀。」

狂三雖然覺得有點傻眼，還是輕聲笑了笑。

和精靈教團引起紛爭的是狂三，不試圖抓住狂三交給教團來解決問題的這群人，還算正直吧——也有可能只是知道精靈教團根本不接受這類交涉就是了。

「——來了。」

就在這時，士道通知了一聲。

不久後，一陣猛烈的沙塵與爆炸聲從遠方接近。

——不下五十輛的汽車與機車群，每輛似乎都經過改造，黑底上描繪著奇妙的金色圖案。與金城穿的斗篷上的圖案一樣。儘管覺得對方的品味真差，但也認同聚集了如此龐大的數量，確實能造成一定的威嚇感。

「唔……！」

夏原畏縮地往後退——不過，對狂三與士道來說，這樣他們比較好辦事。狂三默默地從裙內拔出手槍。

「——士道，我想你應該心知肚明，不能做得太過火喲。」

「好。」

狂三說完，士道便點著頭，簡短地回答。

於是，精靈教團一行人正巧在這時來到兩人的面前。教團團員全都穿著同樣的斗篷，每個人的髮型都很誇張——就算是恭維，也難以稱他們為教團。怎麼看都是世紀末的暴徒。

一名單腳打著石膏，包繃帶固定，拄著腋下拐的男人從最前方的汽車副駕駛座上下車——是金城。

「嘿嘿嘿……竟然沒有逃跑，還出來迎接我，真是令人開心啊。經過一個晚上後，頭腦清醒了嗎？要是妳磕頭乞求我原諒妳，我倒是有可能接受喲。」

「哎呀，真是的。只不過受了那點小傷，未免包紮得太誇張了吧。難道你是第一次中槍嗎？那你可得到了一個不錯的經驗呢。你最好記住，被槍擊中，可是很痛的喲。」

狂三以一副叮嚀小朋友般的態度說道，周圍的教團團員便發出嘻嘻嗤笑，令金城羞愧得滿臉通紅。

「妳、妳這臭女人……！本來想泡妳的，現在我絕不原諒妳。我要虐殺妳……！」

這一句話點燃了戰火。從汽車或機車下來的教團團員將手槍、機關槍，甚至是火焰噴射器等各種武器指向狂三等人。

「嘻嘻──」

不過，狂三毫不畏懼地朝地面一蹬，飛躍空中，跳進教團團員之中。

「什麼……！」

能聽見教團團員發出驚慌失措的聲音。這也難怪。因為在同伴密集的空間，很難揮舞長型武器，遠射程武器就更沒辦法發揮它的本領了。

現在這個時代能聚集這麼多的裝備令人由衷感到佩服，但若是想在這種場所開槍，肯定會擊中同伴吧。

反過來說──

「嘻嘻嘻，嘻嘻嘻嘻嘻！」

──周圍全是標的，狂三可以盡情射擊。

狂三從裙中掏出另一把老式步槍後，連瞄準都沒有便亂射一通。周圍的教團團員發出慘叫與呻吟，一一當場蹲下。

「呼──！」

眼角餘光能瞥見士道的身影。他也跳進敵人之中，赤手空拳一個接一個地制伏敵人。

依照這個速度，不到五分鐘就能打倒所有教團團員吧。

「這、這是怎樣啊……！簡直是莫名其妙～～！」

金城的慘叫聲響徹整個戰場。這也難怪。畢竟高達數十名的同伴竟然只被兩個人一一打倒。

不過，這也是理所當然的事。就算再怎麼用誇張的兵器武裝，區區人類是不可能敵得過狂三與士道兩人的。

然而——

「……哎呀？」

「…………！」

下一瞬間，狂三與士道卻微微抽動了一下眉毛。

兩人宛如被一雙無形的手抓住一般，身體頓時變得十分沉重。

剛好在這時，四周響起一道女聲。

『——你們在幹什麼……』

那道聲音很平靜，並非是在吶喊的樣子，卻像透過大型擴音器播放出來似的，震動著四周的空氣。

「……！精、精靈大人！」

「非常抱歉……！」

聽見那道聲音的瞬間，金城一行人連忙當場跪下。

於是，位於車陣中央的大型卡車的貨架，隨著一道光芒逐漸展開——

從中出現了一名散發著微弱光芒的女性。

她擁有一頭白雪般的白髮，與幽魂般的白皙肌膚。身上穿的斗篷卻與之相反，十分漆黑，襤褸的衣襬隨風飄揚。

不過，目睹她的人首先注視的，並非以上的要素。

沒錯。因為那名發光的女人宛如行走在隱形的道路上，飄浮在空中。

「啊，啊啊……」

「精靈——」

待在狂三兩人後方的村落居民們看見她那神聖又不祥的模樣後，顫抖著聲音說道。

這也難怪。因為對現在這個世界的人來說，精靈的存在是恐怖的化身。面對超越人類智慧的存在，很難保持鬥志吧。

不過，狂三卻以極其冷靜的態度凝視著她，開口：

「……原來如此、原來如此。大致如我預料的一樣。」

「……妳說什麼？」

聽見狂三說的話，自稱「精靈」如此回答。似乎不像剛才那樣擴音。從那道聲音可以感受到她對不畏懼自己存在的狂三與士道有種類似不自然與煩躁的情緒。

但是，狂三沒道理關心一個拙劣的冒牌貨。她滿不在乎地大聲說道：

「——隨意領域。在不知道顯現裝置存在的人看來，的確就像魔法一樣吧。」

接著，狂三像是要射穿她的喉嚨似的，將槍口指向「精靈」，繼續說道：

「妳是DEM巫師的餘黨吧？妳那頭髮和服裝是自己準備的嗎？還是故意模仿十香的？說實在的，不適合妳。」

「…………！」

飄浮在半空中的「精靈」表情扭曲。大概是反映出她的精神狀態吧，包圍住狂三等人的隱形空間——隨意領域產生竄過輕微電流般的衝擊。

「……妳這傢伙，究竟是何方神聖？」

「精靈」疑惑地問道。

狂三無奈地嘆了口氣後，緩緩將手移動到側頭部。

「哎呀、哎呀，身為DEM的巫師，竟然忘了我的臉——和我這隻左眼嗎？」

然後，直接拿下眼罩。刻劃著時間的時鐘錶盤暴露在風中。

「精靈」看見狂三的左眼，這才終於察覺狂三的真實身分，表情透露出慌亂的情緒。

「莫非……妳是〈夢魘(Nightmare)〉！怎麼可能，妳應該已經死了——」

「呵呵呵，經常聽別人這麼說呢。」

狂三有些自嘲地笑完，全身使勁——彷彿要掙脫隨意領域的枷鎖。

「唔……！」

「精靈」顫抖著手指，猛力將雙手伸出去。

「開什麼玩笑……！這個世界只有我一個『精靈』就夠了！消失吧，舊時代的亡靈……！」

隨意領域配合她的聲音再次展開。教團團員們手中大大小小的兵器飄浮在空中，同時射向狂三。

不過，這種小招數對狂三根本起不了任何作用。狂三一個翻身，躲進自己的影子裡閃避攻擊。

「什麼——」

「哎呀哎呀，妳真的忘記我了嗎？人家好傷心喲。」

狂三矯揉造作地做出擦眼淚的動作。

結果，大概是這個動作惹得她心情不悅吧，只見「精靈」表情染上憤怒之色後，再次操縱無數的兵器，將槍口朝向同一個方向。

「喝啊啊啊啊啊啊！」

只不過，並非指向狂三——而是位於她身後的村落居民們。

「——！」

狂三不由得屏住呼吸。

她立刻明白「精靈」的目的是什麼。恐怕是認為只要將矛頭指向村落的居民，狂三就會保護他們吧。

狂三並沒有打算以善人自居，但對自己有一宿一飯之恩的人們在眼前被殺死，心情可不好受。如果有時間判斷，狂三或許會如「精靈」計劃的那樣保護居民們。

然而，狂三的反應慢了一步。

——只要能達成「目的」，就連這件慘事也能徹底「抹消」。千萬不可因為跟隨眼前的情感而讓一切毀於一旦。

正因狂三過去為了顧全大局而累積了無數犧牲，才會如此猶豫不決，導致她的動作遲鈍了一下。

——「精靈」扣下扳機。

無數的子彈射向村落的居民們。

「————」

早穗以作夢般的心情眺望著展開在眼前的光景。

飄浮在半空中的白髮女人、槍口朝向這邊的無數槍枝、好幾發從那裡發射出來的子彈。

那幅光景宛如在夜空中閃爍的星辰般夢幻。

沒錯。儘管狂三與士道千叮嚀萬囑咐地要她躲在地下，但早穗還是非常掛心兩人的事而偷偷跟在大家後頭。

所以，這或許是自己不聽勸告而得到的懲罰吧。

下一秒射出的子彈就會貫穿自己與父親他們的身體吧。恐怕難逃當場死亡的命運。光是遺體能保留原形就該偷笑了。

然而──

「──咦？」

早穗聽見自己的喉嚨發出呆愣的聲音。

本以為會造成早穗等人致命一擊的子彈群──

竟瞬間被毀得粉碎。

「怎、怎麼回事……？」

「那是──」

周圍傳來居民們的聲音。

不過，這也難怪。因為直到剛才還位於教團團員之中的少年──士道，不知何時像要保護大家似的飄浮在虛空中。

「……沒辦法，到此為止了。」

士道低喃般說著，將右手舉向前方。

於是，他的手中便出現一把刀身宛如魔女帽子的漆黑半弧形短劍。

「──〈贗造魔女〉。」

士道如此說道，將短劍刺進自己的胸口。

鮮血並未噴出，反而從短劍刺進的地方發出光芒，光芒逐漸擴大──改變士道的輪廓。

「啊────」

士道變成少女的樣子。

褪色般的長髮與肌膚，美得不可方物的相貌。

而她的手中不知道從何處出現巨大的漆黑之「爪」，身體的周圍飄浮著十把「劍」，包含剛才的短劍。

目睹這幅景色的瞬間──

早穗的心臟「撲通」跳了一下。

奇妙的感覺──自己曾經見過這名少女嗎──？

「……妳是……」

「…………」

彷彿聽見早穗的聲音，先前身為士道的少女露出有些悲傷的表情。

不過，她立刻像是重振精神似的目露凶光後，面向同樣飄浮在空中的敵人。

「——我無法再袖手旁觀了。我要一擊解決妳，覺悟吧！」

少女發出凜然的聲音說道，高舉利「爪」。

「什麼——怎麼會……太扯了……！為什麼會在這種地方——」

攜帶無數槍枝的自稱「精靈」見狀，發出顫抖的聲音。

她的表情顯露出深不見底的戰慄，甚至是面對狂三時都未流露出的真切絕望。

「嗚……嗚哇啊啊啊啊啊啊啊啊！」

「精靈」半狂亂地高聲吶喊，將雙手推向前方。於是，飄浮在她周圍的無數槍枝再三試圖噴出火焰。

不過，就在這個時候——

「——」

少女隨意將「爪子」一揮。

只看動作，並沒有什麼大不了的。不過就像頭癢抓了一下，蚊子在飛所以用手驅趕一下，那樣極其輕微的動作。

然而下一瞬間，天空就在這樣的輕微動作下——

「哇……」

裂了開來。

這並非是什麼比喻或誇飾。如汪洋般廣闊的虛空竄過五道閃光，映入眼簾的景色便完全改變。或許是受到那一擊的餘波影響，荒野也刻下長長的深刻傷痕。

「精靈」雖然沒有直接受到攻擊，卻因為那一擊完全喪失了鬥志。她翻著白眼墜落地面，一動也不動。

不久後，天空像是想起自己的模樣般，嘎吱作響，逐漸恢復原狀。

不過，大地因為那一擊的餘波所刻下的五道傷痕，卻清清楚楚地表示剛才發生的現象並非夢境或幻覺。

事實勝於雄辯。

足以證實那一剎那間發生的事。

「……！」

早穗在感到戰慄之時，也確定了一件事。

——這名少女曾經毀滅過世界。

「——結束了呢。最後多謝妳的幫忙，十香。」

「……唔嗯。」

戰役過後，士道——十香簡短回答向她這麼說的狂三。

大概是判斷既然已經展露真實身分，甚至顯示出力量，就不需要再使用假名了吧。

實際上也正是如此。明明打倒了長期折磨村落的教團之主，居民們卻並未表現出喜悅的模樣，只是對她們投以困惑與戰慄交織的眼神。

這也難怪。畢竟以為打倒了本來認為是精靈的敵人後——結果卻出現了真正的精靈。

沒錯。十香在數年前毀滅了這個世界，是人們畏懼的可怕精靈。那就是十香。所以，為了避免無謂的混亂，她便在有人的場所以〈贗造魔女〉變化成少年的姿態。

不過，事情演變成這個地步，化成少年的模樣也沒有意義了。

現在十香她們能做的，就是盡快離開現場。為了讓這個村落的居民恢復日常，讓一切都只是場惡夢，也為了早一點達成「目的」。

「我破壞了她的顯現裝置——走吧。」

「…………」

十香一語不發地點了點頭後，與狂三一起走向停在附近的越野車。

「……！」

「唔喔……！」

看見兩人的動作，居民們畏懼十香似的讓出通道。

多麼不自在的康莊大道啊。十香稍微加快步調，想快點離開現場。

然而——

「——十香！」

這時，十香的背後傳來呼喚聲。

十香吃驚地回過頭後，發現是早穗站在那裡。想必是從狂三剛才說的話得知十香的真名吧。

早穗露出五味雜陳的表情，不久後像是下定決心，從喉嚨擠出聲音：

「……謝謝妳！」

「…………！」

十香頓時睜大雙眼——

「嗯！」

然後立刻露出雀躍的笑容，如此回答。

◇

「……這到底是怎麼回事啊……」

「精靈打倒精靈……？」

「不過，這下子不用再煩惱教團的事了吧……？」

兩名旅人離開後。

村落的居民們眺望著暈厥的教團團員和「精靈」，目瞪口呆地佇立在原地。

既然不知道教團團員何時會清醒，最好還是盡快將他們綁起來——但似乎不太能如此簡單地達成共識。

然而這也無可奈何吧。畢竟他們被視為恐怖象徵的精靈救了一命——應該說，在沒發現她們的真實身分下提供餐點，甚至是淋浴設備和床。因此居民的困惑可想而知。

況且，這個狀況對早穗而言並不全然是壞事。因為包含父親在內，所有人都呆若木雞，早穗不聽勸告來到外頭的事情就變成不了了之。

「…………」

或許趁所有人回神之前回到地下比較好。早穗如此判斷，躡手躡腳地打算走向階梯。

就在這時——

一輛車伴隨著塵土來到早穗等人的身邊。

剎那間還以為是精靈們的越野車又開了回來——然而，並非如此。因為那是輛卡其色的吉普車，車上坐著數名身穿野戰服的人。

「現、現在是怎樣？」

意料之外的事態接踵而來，其中一名居民一副腦袋處理不過來的樣子皺起眉頭。

於是，一名五官精悍的短髮女性從駕駛座下車，架勢十足地朝他們敬禮。

「——我是南關東臨時自衛隊的日下部燎子。你們是這一帶的村民嗎？」

「臨、臨時自衛隊？」

居民一臉困惑地回答。於是，自稱燎子的女性便輕輕點頭，繼續說道：

「是的。因為一直處於無政府狀態，一群志同道合的人民便組織了這個團體來自己保護自己——我們聽說這一帶有人利用精靈之名作惡……」

燎子環顧周圍的慘狀後，流下冷汗。

「是這群倒在地上的傢伙吧？看起來就一副壞人樣。」

「嗯，沒錯……」

其中一名居民有些不知所措地回答。反正他們也只能這樣回答了吧。

燎子有些納悶，但立刻清了一下喉嚨，重振精神。

「雖然有許多事令人在意……總之，先把所有人綁起來吧——亞衣、麻衣、美衣！」

燎子說完，三名穿著野戰服的女性便從車子後座下來。

「遵命，隊長！」

「了解！」

「乖乖束手就擒吧！」

然後，熟練地將教團團員們綑綁起來。

「……話說回來，他們被打得真慘呢。是誰幹的好事？」

「這個嘛……」

「——是正義使者喲。」

早穗說完，萊卡也「喵～～」了一聲表示同意。

◇

——一輛越野車捲起塵土，奔馳在無人的荒野。

「……所以，什麼時候才會到達那個靈脈？」
「不知道，只聽說大概的場所，不清楚詳細情況。那裡是否真的是靈脈又另當別論了。」
「唔唔……什麼時候才能使用〈刻刻帝(Zafkiel)〉的子彈？」
「我不是說了嗎？我需要龐大的靈力與『時間』才能使用子彈。」
「所以，我不是說妳可以盡情從我身上吸取靈力嗎？」
「如果『某人』沒有奪走我的〈食時之城〉，倒是有可能辦到就是了。」
「…………唔。」
「所以要尋找靈脈。若是有力量的土地，從妳身上轉移靈力給我應該也比較容易。現在先暫時忍耐一下吧——還是說，妳這麼快就受不了了？」
「怎麼可能。如果在這個階段放棄，怎麼對得起當時拯救我的另一個世界的士道。」
「呵呵，說得也是呢。」
狂三與十香在荒野中繼續前進。
為了尋找殘留在大地的靈脈，將十香的靈力讓渡給狂三。
然後，用她的「子彈」讓世界恢復原狀——

起源澪

OriginMIO

DATE A LIVE ENCORE 11

「——我想去上學。」

某天夜晚，崇宮真士雙眼圓睜，如此說道。

崇宮家的客廳現在有三道人影。一人當然是真士，還有真士的妹妹真那，最後一名則是——

「嗯……對不起喔。我知道這個要求有點強人所難。」

一臉抱歉地坐在沙發上，外形亮麗的美少女。

她擁有一頭綁成三股辮的長髮與五官端正的面容。映照出夢幻色彩的雙眸擁有奇妙的引力，光是注視就像是要被吸進去一般。

她的名字叫崇宮澪。

是與真士、真那兄妹倆一起在這個家庭生活的「家人」。

「用不著道歉啦。不過，為什麼突然想去上學——」

「——我倒是能理解她的心情。」

回應真士的並非澪，而是坐在她對面的真那。

這名少女最大的特徵是左眼下方的淚痣與精悍的五官。她搖晃著綁成一束的頭髮，點頭繼續說道：

「因為澪在真那和兄長去上學後，獨自待在家裡嘛。也難怪她會覺得無聊吧。」

「啊——」

聽見真那說的話，真士一時語塞。

「對喔，說得也是。對不起喔，澪。都怪我思慮不周。」

說完，他輕輕低下頭。

沒錯。澪的外表看起來與真士年紀相仿——大約十七歲左右，卻沒有讀高中，整天在家做做家事、讀讀書。

但她既非拒絕上學的青少年，也不是因為家庭狀況而放棄升學。是更單純的理由。因為她出現在這個世界才沒多久。

——距今數星期前，真士等人居住的天宮市發生了某個災害。

空間震，人稱空間地震的廣域破壞現象。與約半年前襲擊歐亞大陸中央部，原因不明的大災害同樣的現象，完全改變了街頭的景色。

然後，偶然在現場的真士邂逅了一名佇立於震源的少女。

那便是她——崇宮澪。

在前所未有的災害導致的混亂中，真士無法對她置之不理，便將她帶回家——歷經一些事後，還是將她留到現在。

澪起初一無所知，但學習能力驚人，瞬間便能吸收各種知識，習得一切事物。如今要找到真士、真那能夠做到而澪卻不會做的事情，反而比較難。也難怪她會覺得在家的時間很無聊。

不過，澪連忙搖頭否認：

「啊，不是的。我不是覺得無聊。我很開心你們把打掃或買東西這類的事情交給我做，我覺得很刺激。閱讀書籍也能得到新知識，很有趣。只是——」

澪臉頰微微泛起紅暈，繼續說道：

「小士和真那經常向我提起學校的事，讓我感覺……學校好像很好玩的樣子。」

「澪……」

真士深受感動似的瞇起眼睛。

他並沒有說什麼特別有趣的話題，而是一些隨便聽聽，數日後忘得一乾二淨也不足為奇的無聊日常閒聊。

不過對澪而言，那肯定是在未知世界發生的刺激體驗談吧。她會懷抱著憧憬也是理所當然。

「——我知道了。我來查看看有沒有辦法讓妳去上學。」

「……！真的嗎？」

真士說完後，澪頓時表情開朗地高聲回答。那副天真無邪的模樣，令真士不禁小鹿亂撞了一下。

「對、對啊。突然轉學進去可能比較困難，但如果是體驗入學——」

「有那麼容易進去嗎？」

真那打斷真士的話，如此說道。

「咦？」真士瞪大雙眼反問。

「你試想看看。澪來歷不明、身分不明，就連『崇宮澪』這個名字也是兄長你取的。當然，也不存在戶籍跟住民票。要去上學，就必須提交必要文件吧。這一點你究竟打算如何解決？」

真那確實說得沒錯。真士發出低吟。

「……要是這種時候有能夠幫忙準備戶籍、辦理入學手續的祕密組織就好了呢～～」

「你看太多漫畫了吧。怎麼可能會有這麼方便的組織。」

真那瞇起眼睛吐槽。完全沒錯。為什麼自己會萌生這種想法呢？

不過，他還是想實現澪的願望。真士盤起胳膊沉思。

「……能不能以特別請託的方式呢？就算想偽造文書，應該也不是那麼容易，而且要是被發現就完蛋了。」

「唔嗯。那樣還比較有機會成功吧。不知幸或不幸，現在發生空間震才沒多久，還處於混亂狀態。應該有十足的機會乘虛而入吧。」

真那露出銳利的眼神，勾起嘴角邪魅一笑。

「——兄長，學校有沒有人情味十足，正義感又強的老師呢？如果在學校內有某種程度的發言權更好。」

「然、然後要怎麼辦？」

「盡可能直接傳達我們的請求。不過，要把澪當作被空間震波及而失去記憶的女孩。歷經波折後，如今寄住在崇宮家，正在克服心靈創傷的她說出想上學——沒錯，無論遇到何種災害，都不能阻擋人類還要學習的心！」

真那以浮誇的肢體語言，裝腔作勢地高聲吶喊……原來如此，如果熱血教師聽到這種故事，應該會熱淚盈眶吧。

不過，也有些事令他擔心。真士冒著汗望向真那。

「……真那，妳將來不會去詐騙別人吧？」

「說得那麼難聽，我以後可是想當警察耶。」

真那不服氣地嘟起嘴脣。「抱歉、抱歉。」真士苦笑著向她道歉。

「總之，事不宜遲。趁災害重建尚未完成，不能順利獲得市公所協助的期間，創造既成事實吧。喔～～！」

說完，真那高舉右手。

「喔、喔～～！」

雖然她的說法令人在意……倒是沒說錯。真士也舉起拳頭表示贊同。
於是，在一旁目瞪口呆聽著兩人對話的澪也有些開心地舉起手附和：「喔～～！」

◇

於是，數日後。
「——我是崇宮澪。從今天起的一段日子，會在這所學校體驗入學。請各位多多指教。」
在真士就讀的二年四班教室裡，身穿制服的澪面帶微笑向同學打招呼。
沒錯。之後真士立刻找班導師溫井老師商量，老師聽完後，斗大的淚珠撲簌簌地直流，要他立刻將澪帶過來。後來甚至直接找校長談判，一手包辦必要的雜事。
結果，比預料中更早獲得體驗入學的許可，就這樣順利地迎接澪入學。
「——」
深藍與白色搭配的女生制服水手服，無須多言，當然非常適合澪。若是將「楚楚可憐」這個詞彙擬人化，肯定就是這副模樣吧。
實際上，懷抱著這種感想的似乎不只真士。不論男女，從澪走進教室的那一瞬間起，教室裡的學生全都吃驚地對澪投以視線。

「那個美少女是誰……該不會是上次幫崇宮同學送東西來的女生吧？」
「姓氏一樣……不是女朋友嗎？他們是什麼關係？」
「兄妹？堂妹？啊，該不會是老婆吧……！」
「——好了好了，安靜一點。」
溫井老師拍了拍手說道。
「崇宮同學她好像因為之前發生的空間震而喪失記憶，連自己真正的名字也想不起來。現在寄住在崇宮家。」
老師說完後，同學們紛紛發出「咦……！」的驚訝聲……有一半的同學似乎是對喪失記憶這件事感到吃驚，但另一半的同學感覺像是把重點放在「寄住在崇宮家」這句話。
不過，溫井老師滿不在乎地緊握著拳頭，繼續說道：
「儘管如此，本人還是希望能上學……！大家懂嗎？人類就是這麼堅強……只要不放棄學習，人類就不會輸給災害……！」
溫井老師熱血沸騰地吶喊。學生們露出一副「又開始了……」的表情，臉頰流下汗水苦笑。
不愧是被學生稱呼為「那不是溫井，而是熱井」的熱血男人。
「……不好意思。那麼，崇宮同學，妳去坐那邊的座位吧。」
不久後，恢復冷靜的老師如此說道，指向真士旁邊的座位。

真士旁邊的座位恰巧沒人坐——事實並非如此。而是溫井老師特意把那個座位空下來，因為覺得喪失記憶（名義上）又對學校不熟悉的澪發生什麼事情時，旁邊有熟人幫忙比較好。

「是的！」

澪朝氣蓬勃地回答後，踏著輕盈的步伐走到真士旁邊的座位。

然後坐下，有些難為情地面向真士。

「——請多指教了，小士。」

「……！嗯，請多指教。」

真士雖然頓時心跳漏了一拍，還是大幅度地點了點頭。然後壓低聲音，接著說：

「沒想到事情進行得那麼順利……必須感謝老師才行。」

「嗯，說得也是。連制服都幫我準備好了。」

說完，澪一臉開心地俯看自己的服裝。那副可愛的模樣，令真士不禁看得出神。

「小士？」

「喔、喔喔……沒事。話說……妳第一次上學，應該有很多地方不懂吧。有什麼不懂的話，隨時問我。」

「嗯，謝謝。雖然都是些第一次接觸的事，我會努力跟上大家的腳步。」

澪如此說道，滿心歡喜地莞爾一笑。

不過——

「呃～～……誰會回答這個問題，舉手——」

「——我！」

第一堂課，數學。負責上課的菅原老師放眼望向教室說完，澪便精神百倍地舉起手。她的眼睛閃閃發光，手臂伸得筆直。簡直像範例一樣漂亮的舉手姿勢，看起來十分想回答的樣子。

「呃，妳是……」

「體驗入學生崇宮澪。」

「喔喔……說起來，溫井老師有提過妳呢。那麼，請上前作答。」

澪聽從菅原老師的指示，踏著輕快的步伐走到黑板前。

然後拿起白色粉筆，覺得稀奇似的仔細端詳一番後，用粉筆的尖端碰觸黑板。

「哇！」

澪雙眼圓睜，像是在塗鴉似的，開心地在黑板上揮舞著粉筆。

「好厲害。我有在影片上看過，原來是這種觸感呀。是碳酸鈣加熱凝固的嗎？原來如此，這

樣的話，就算只剩一點點也能劃出線條，也能立刻擦掉……」

澪一邊說，一邊望向真士。

「對吧，小士，好厲害喲！」

「哈哈……嗯，很厲害。」

真士面帶微笑，搔了搔臉頰。雖然在眾目睽睽之下有點不好意思……但面對澪歡欣鼓舞的表情，一切都無所謂了。

「呃，崇宮同學……？看妳玩得很開心是沒關係啦，但如果想試粉筆好不好寫，可以下課再試嗎？現在正在上課……」

「啊，寫好了。」

「咦？」

聽見澪說的話，菅原老師瞪大了雙眼。

在澪開開心心拿著粉筆龍飛鳳舞的黑板上，不知不覺竟出現了精緻的圖形與複雜的數學公式。

「啥……咦……？啊……」

菅原老師調整眼鏡的位置，凝視黑板——

「太、太完美了……」

臉頰流下汗水，如此說道。

第二堂課，體育課。

這天的課程是使用平衡木或跳箱的器械體操，不過……

「呼——」

澪用力朝跳板一踏，翩然飛舞到半空中。

然後在宛若無視重力這種概念的軌道上扭轉身軀，自由自在地旋轉身體，飛越跳箱上方。

然後，像箭插在地上那樣單腳在墊子上落地。

「「…………」」

看見這個畫面的同學與體育老師目瞪口呆了片刻，不久後肩膀一震回過神，不約而同地鼓起掌來。

「好厲害……剛才那是怎樣……」

「人類可以跳成那樣嗎……？」

「根本可以拿下次奧運金牌了……」

真士班上的三人組亞子、麻子、美子目瞪口呆地鼓掌。

於是，澪有些難為情地苦笑道：

「謝謝。不過，出了一點小差錯。」

「咦……？哪、哪裡……？」

「我忘記用手撐住跳箱了。下次得跳低一點才行。」

「「…………」」

亞子、麻子、美子冒著汗水，啞口無言。

就在這時，澪像是察覺到投注在自己身上的視線，小跑步來到真士等人所在的地方。

「欸，小士，你有看到我的表現嗎？」

「啊，嗯……很厲害呢。」

真士臉頰微微泛紅說道，並且將視線從澪身上挪開。

理由很單純。因為是體育課，澪跟其他女同學一樣穿著這個時代普及的運動服——三角運動褲，但那個服裝對真士來說有點太刺激了。

「…………？」

不過，澪本人摸不著頭緒，一臉疑惑地歪著頭。

第四堂課，音樂課。

「「…………」」

——已經無須多言。

坐在音樂教室裡的學生們全都垂下視線，沉浸在響徹四周的流麗旋律之中。

沒錯。一踏進音樂教室，發現平台鋼琴的澪便提出想試彈鋼琴。

結果正如各位所聽到的，有生以來第一次接觸鋼琴的澪並未翻閱樂譜便呈現出精彩的演奏

——順帶一提，笑著允許澪彈鋼琴的音樂老師從剛才起就在角落感動得一把鼻涕一把眼淚。

「————」

澪使勁彈著琴鍵，結束演奏。

接著從椅子上站起來，彎腰鞠躬後，音樂教室便響起如雷貫耳的掌聲。

「好棒……太棒了……！」

「原來音樂能令人如此感動啊——」

「好溫暖……這就是……眼淚……？」

同學們各自表達意見，讚不絕口。澪有些難為情，露出靦腆的表情。

「——太厲害了！」

音樂老師整張臉濕漉漉的，充滿神祕的液體，接著牽起澪的手。

「妳……是崇宮同學吧？妳究竟是在哪裡學會這種演奏技術的？」

「呃，我在電視上看過彈鋼琴的畫面。還有，在書上。」

「——原來如此，不能暴露師父的名號是嗎……有難言之隱？」

說完，音樂老師露出意味深長的笑容。

澪只是老實回答而已……算了，也難怪老師會有這種反應。

「…………」

到了午休時間，真士才發現自己不該對澪說那句話。

他或許有些低估了澪的學習能力與適應力。真士也許不該對澪說「有什麼不懂的都可以問」，而是應該對她說「要保留能力，避免太過引人注目」才對。

話雖如此——

「……呼！」

看見澪開懷綻放笑容的表情，真士吐了一口氣。

或許確實有些引人注目，但比起那種事，澪像這樣開懷大笑才更重要。

現在真士等人正待在校舍的頂樓。因為是午休時間，他們帶著便當來到這裡。

順帶一提，同班同學亞子、麻子、美子也在一起，因此比想像中更加熱鬧。想必大家都對這個神祕的體驗入學生十分好奇吧。

實際上，澪似乎也和同年代（至少外表是）的女孩聊得很愉快，從剛才起就面帶微笑地和三人談天說笑。

「哎呀，不過真令人吃驚呢。妳什麼都會耶！」

「就是說呀。聽說妳喪失記憶了，不知道妳以前是做什麼的？」

「頭腦清晰、運動萬能，又長得超級可愛。真服了妳耶。有打算參加社團活動嗎？應該很多社團都想招妳進去吧？」

「——社團活動。」

澪聞言，抽動了一下眉毛。

然後坐立難安地瞥了真士一眼。

……不難想像如果澪有尾巴，肯定是興奮地搖來搖去吧。真士苦笑著搔了搔臉頰。

「……方便的話，今天放學後要去參觀一下嗎？」

「——可以嗎！」

真士說完後，澪頓時容光煥發。

於是，上完下午的課程，放學後，澪開始展開體驗社團活動的行程。

真士等人的高中有約四十種社團活動及同好會。他決定讓澪從中選出幾樣她感興趣的，在時間允許的情況下逐一參觀。

澪最初選擇的是游泳社。由於老師準備的體驗入學套餐中，不只有運動服，還包含了泳衣，所以她想趁這個機會穿穿看泳衣。

不過，要是澪又盡全力游泳，又會引發騷動。因此在游泳社社長的好意下借到了邊邊的水道，決定簡單玩個水就好。

「——呵呵！好舒服喲，小士。這件叫泳衣的服裝也很方便活動。」

說完，澪開心地拍打水面，濺起水花。

「嗯，是啊……」

真士見狀，紅著臉頰挪開視線……理由很單純。因為他的視線比上體育課時更不知道該擺在哪裡才好。

澪的身體曲線被深藍色的學校泳衣襯托得一覽無遺，大方展現出白皙的四肢，以及被水濡濕而緊貼後頸的髮絲——所有要素帶來強烈的刺激，激盪真士的腦袋。

「你怎麼了？」

「沒、沒事。話說，我們去下一個社團吧……感覺不用游泳就會被熱烈地招攬入社了。」

「……？嗯，我知道了。」

聽見真士說的話，澪儘管感到疑惑，還是點頭同意。

兩人緊接著前往的是烹飪社的社辦。

身穿圍裙，頭戴三角巾的烹飪社社長為他們簡單地說明。

「──活動內容大概就是這樣。今天打算做蛋包飯，不介意的話，要不要試試看？材料還有很多。」

說完，社長指向調理臺。真士與澪簡短道謝後，與社員們一起開始料理食物。

順帶一提，與其他社員一樣捲起袖子，穿戴圍裙與三角巾的澪有別於剛才，展現出家庭氣息，又散發出另一種魅力。

「要將蛋漂亮地包覆起雞肉飯，需要一點技巧……你們看！」

當真士看澪看得出神時，社長靈巧地翻鍋將蛋包裹住雞肉飯。社員們紛紛發出「喔喔～」的讚嘆聲。

「呵！大家只要多加練習，這點技巧根本──咦咦咦咦咦！」

原本得意洋洋侃侃而談的社長，突然驚愕得瞪大雙眼，凝視真士的手邊。

「……咦？怎麼了？」

「還問怎麼了？你、你那個完美的蛋包飯是怎麼回事……！」

「咦？喔喔……嗯。我自己也覺得這次包得還不錯。」

「何止不錯！這個完成度是怎樣……平衡度與光澤感根本無懈可擊……！我、我說你！不要只體驗，要不要真的加入社團！」

「我、我嗎？」

真士不禁發出變調的聲音。他是有某種程度的心理準備，料想到澪可能會發揮超絕廚藝而被招攬入社。沒想到矛頭竟然會指向自己。

順帶一提，在一旁目睹這幅光景的澪——

「呵呵——」

不知為何一臉得意洋洋的樣子，欣喜地露出微笑。

而當天的最後，真士與澪來到的是服飾社。

據說是以前真那和她朋友幫澪挑選衣服，令她感到很開心，因此對服飾產生了興趣。

所以，他們造訪了服飾社的社辦服裝間，然而——

「不好意思，我們想體驗入社——」

「——嗚哇～～！美少女耶～～～～！」

真士與澪打開門後，門內的女學生們便像是直視太陽般瞇起眼睛，摀著臉。

「咦！什麼？體驗入社！超級歡迎！」

「我現在剛好需要一個模特兒！」

「我們喜歡做衣服，但不好意思穿出去給大家看！」

事情轉瞬間便發展到舉行一場澪的小型時尚秀。

每當澪穿上美麗的洋裝或品味有點獨特的角色扮演服裝等各種服飾，從簾子裡走出來時，社員便會時而拍拍手，時而發出低吟，時而用傻瓜相機拍照。

「哇……好漂亮喔，小士。」

「嗯……很漂亮……」

反正澪本人似乎樂在其中，真士也一飽眼福，完全沒有問題。

但不知道經過多久，疑似社長的戴眼鏡的女學生突然像是想起什麼事情似的發出聲音：

「——啊。機會難得，要不要拿那件出來？我想一定很適合。」

聽見社長說的話，社員們眉毛紛紛抽動了一下。

「那件……該不會是指那件衣服吧！」

「那件結集了我社的技術，卻因為太羞恥而沒有人敢穿的衣服……！」

然後如此說道，同時展開隊形，將澪拖進簾子內。

「呀！」

「澪、澪……！」

「別緊張，稍等一下，男朋友。讓你看樣好東西！」

「……！不、不是啦，我不是她的男朋友……」

當真士聽見出乎意料的話而感到害臊時，不久後，社辦裡面的簾子突然用力打開，出現換裝完畢的澪的身影。

「——————」

真士看到她的模樣後，頓時啞然失聲。

不過，這也是理所當然的事吧。因為澪現在身上穿的是——附有絢麗頭紗的純白禮服。

「好美喔……這種服裝叫什麼名字？」

澪俯看自己的裝扮，陶醉地說道。社長瞬間閃過疑惑的表情，隨後還是輕輕頷首，開口：

「婚紗——在婚禮上穿的衣服。」

「……！婚禮——」

聽見這句話，澪雙眼圓睜。

於是，不知道社長是怎麼解讀她的反應的，只見她揚起嘴角露出笑容，推著真士的背，將他推來這裡。

「好了，男朋友。難得有這個機會，站到她身邊吧。可惜沒有男生穿的禮服，但我幫你們拍張照吧。」

「咦……咦咦！」

真士不禁發出高八度的變調聲。他當然不是討厭跟澪拍照，只是太過突然，還沒有做好心理準備。

不過──

「──小士。」

澪說完，臉頰有些泛紅地朝真士伸出手。

「……喔，喔喔。」

真士微微倒抽一口氣後，下定決心，踏出腳步，站到澪的身旁。

「好耶、好耶，兩個好配喔。再靠近一點──好，笑一個！」

隨著「啪嚓」一聲，一道閃光包圍住兩人。

——澪的體驗入學第一天就這麼過去了。

「嗯……」

真士走在夕陽照射的道路上，伸了一個大懶腰。走在他旁邊的澪見狀，苦笑道：

「對不起喔，讓你陪我到這麼晚。」

「別放在心上啦。畢竟是我提出來的……烹飪社倒是有點困擾就是了。」

「呵呵。」

澪輕輕笑了笑後，感慨萬千地嘆了一口氣。

「學校——真好呢。我本來以為自己的知識明白那是個怎樣的場所，但有很多事果然還是得親身體驗過才知道呢。」

「澪……」

據說澪幾乎不記得從前的事。也就是說，對澪而言，認識真士後的這短暫的時間，就是她所有的人生。想必今天這一整天，真士與澪感受到的時間長度一定不同吧。

「——只要去體驗就好。」

「咦？」

「有興趣的事，都去嘗試看看。我也會陪妳的。」

「小士……」

澪十分感動地呼喚真士的名字後，精神奕奕地點頭道：「嗯！」

那副可愛的模樣，令真士不禁害臊了起來。真士改變話題，繼續說道：

「──對了，妳有喜歡哪一個社團嗎？」

「唔──」

真士掩飾自己害羞的心情，刻意詢問後，澪便做出沉思片刻的動作，莞爾一笑。

「每個社團都很有趣，但我應該最喜歡回家社吧。」

「嗯？為什麼？」

「因為能跟你一起回家呀。」

「…………」

聽見澪說的話，真士沉默不語……感謝現在是黃昏時分。如果在藍天下，恐怕自己滿臉通紅會被發現吧。

「……？小士，你怎麼了？」

「嗯──沒事。只是覺得今天過得好開心喔。」

「呵呵，就是說呀。」

澪聞言，一臉欣喜地露出微笑。

◇

事件發生在澪體驗入學的第三天早上。

「……嗯？」

與澪一起上學的真士走進校舍一會後，突然停下腳步。因為一樓的布告欄前聚集了一堆人。

「發生什麼事了？」

澪一臉疑惑地歪了歪頭。真士也點頭回應，接著朝布告欄走去。

於是，在人牆外圍的一名男學生像是發現了兩人，朝真士與澪的方向望去。他是真士的同班同學，五河龍雄，戴著眼鏡，五官柔和。

「啊啊，你們兩個，早安啊。」

「嗯，早安，五河……所以，到底發生什麼事了？怎麼這麼熱鬧……」

「喔喔……有點事啦。」

龍雄微微皺起眉頭，有些困惑地說道。

「好像是……這所學校今年就要沒了。」

「……什麼！」

聽見龍雄說的話，真士發出高八度的變調聲。在旁邊的澪也吃驚得瞪大雙眼。

「沒、沒了……怎麼回事？為什麼這麼突然……」

「就是之前的南關東大空災，這一帶地區受害滿嚴重的。雖然我們高中校舍本身沒事，但學生數量減少滿多的……好像也有很多人直接移居到其他地方了。」

「…………」

龍雄說完後，澪有些尷尬地挪開視線──說起來，真士是在空間震的現場遇見澪的。或許她覺得自己該負一些責任吧。

真士將手放在澪的肩膀上，輕輕搖了搖頭。

「……不是妳的錯吧。別在太意了。」

「可是……」

「……？崇宮同學？」

龍雄歪著頭表示疑惑。「沒什麼。」真士敷衍地回答。

「沒事……話說回來，這下可傷腦筋了。假如現在的三年級生勉強可以畢業，那我們和一年級生該怎麼辦？」

「啊啊……嗯。好像會和鄰鎮的禪和高中合併的樣子。」

禪和高中，是位於天宮市西天宮的學校。據說因為靠近空間震發生的地域，也受到了相應的

損害。

「原來如此，兩所學生人數減少的學校合併互補啊……」

「看來是這樣沒錯。只是……」

龍雄表情五味雜陳，望向貼在布告欄上的公告。看起來對某件事感到有些納悶。

真士循著他的視線望向公告。

「什麼……」

然後閱讀寫在公告上的文章，皺起眉頭。

「——合併後的校名為『禪和高中』，設施也使用禪和高中的。本校的舊校舍將拆除，改建為第二運動場。新生將統一穿著禪和高中的制服……這哪是合併，根本是廢校——不對，是我們學校完全被禪和吸收了嘛！」

真士高聲吶喊後，龍雄便一臉苦澀地點頭回答：

「不知道是基於什麼樣的來龍去脈才導致這樣的結果，實在是太令人難以接受了……」

「未免太不合理了。禪和不也因為空間震遭受損害而無法繼續經營學校嗎？卻沒有多作說明，擅自決定——」

就在真士說到一半時——

「——哎呀哎呀，還真是吵鬧呢。」

從後方傳來這樣的聲音。

「……什麼！」

真士猛然回頭，發現是一群穿著和真士學校不同制服的集團。

男生的立領與女生的水手服全都是深灰色。

真士見狀，滿腹狐疑地皺起眉頭。

「那個制服……難不成是禪和的？」

真士說完後，一名站在最前頭的高挑男學生便撥了撥頭髮，冷哼一聲。

「沒錯。我是禪和高中學生會長，綾小路將信。以後請多指教了。」

然後狗眼看人低似的說道。真士臉頰流下汗水，皺起眉頭。

「……那可真是幸會啊。所以，禪和的學生會長大人來我們學校，究竟有何貴幹啊？」

「這還用說嗎？當然是為了合併的事情來視察啊——你們還真是幸運呢。」

「幸運？」

「是啊。因為不用參加入學考，就能成為光榮的禪和一員。」

聽見將信這番話，真士與周圍的學生同時露出不悅的表情。

看見這個場面，站在將信背後的眼鏡男學生唉聲嘆息——從他別在左手的臂章看來，應該是禪和學生會的副會長。

「又用這種口氣說話……會招人反感喲。」
「我說的是事實吧。」
「……唉。」
副會長再次嘆息。看來沒少操心。
「……合併啊。看起來條件非常不平等耶。」
真士像是代替其他學生表達不滿地說道，將信便誇張地聳了聳肩。
「哦？有哪裡不服氣嗎？論偏差值、升學實績、運動社團的活動實績、對藝術領域的貢獻——全都是禪和比較優秀。我覺得對你們來說也並非壞事啊。」
「我說你啊……」
看見將信一點兒都不感到愧疚的態度，真士皺起眉頭。
就在這時——
「請等一下。」
澪發出凜然的聲音。
「妳是？」
「二年四班的崇宮澪——我知道你們的意見了。不過，學校應該不是只靠偏差值或實績就能成立的場所。雖然我上學的期間比大家來得短……但是在這所學校留下了許多回憶。這所學校消失的話……我會很難過。」

澪訴說著。周圍的學生也點頭表示同意。

「唔嗯。」

於是，將信將手抵在下巴思考後，勾起嘴角說：

「原來如此，妳說的也有道理——好吧。那就在大家的面前決定哪一所學校才適合保留下來吧。」

「……什麼意思？」

「兩所學校各自選出代表，以學力、運動、藝術這三項來決勝負。由勝利次數較多的那一方握有合併交涉的主導權，這樣就沒意見了吧。」

「——什麼……！」

聽見將信的提議，真士以及其他學生紛紛倒抽了一口氣。

這也難怪。因為正如將信自己剛才所說的，禪和的偏差值和社團活動的實績更勝真士他們的高中。雖說是選出來的代表互相比賽，但照理說，他們的高中勝算不大。簡單來說，對方想以讓步的形式，在公眾面前分出勝負與排名，讓真士他們無話可說吧。

「開什麼玩笑，這種——」

「請問……」

不過，就在真士正要出聲抗議時，澪輕輕舉起手。

「可以由一個人包辦三種項目的比賽嗎？」

「——啥？」

澪露出天真無邪的表情詢問後，將信頓時瞪大雙眼——不久後忍俊不禁似的開始發笑。

「哈哈哈哈哈！當然可以。如果那一個人可以贏過我們！」

不過，真士等人卻沒有對他的反應感到憤怒——

「「啊……」」

聽見澪說的話，他們像是察覺到什麼，只是發出短促的聲音。

「……？那是什麼反應？」

「啊，不……嗯。沒事……」

真士含糊其辭地回應後，將信儘管有些懷疑，還是立刻露出狂妄自大的笑容。

「也罷。比賽的日期與場所之後再通知你們——無論是什麼樣的條件，我們都穩操勝券！哈哈哈！」

說完，將信一行人笑著離去。

「「…………」」

真士等人站在面帶微笑的澪身邊，對他們的背影投以憐憫的目光。

◇

數日後，舉行了兩校的對抗賽——

「——唔哇啊啊啊啊啊啊啊啊啊啊啊啊啊啊！」

「怎、怎麼可能！那個小此木竟然在筆試競賽中落敗！」

「開玩笑的吧！說到小此木，可是在全國模擬測驗中進入二位數排名的秀才耶！」

「對方的分數是……滿分……！」

「那個女學生到底是何方神聖！」

「——呀啊啊啊啊啊啊啊啊啊啊啊啊啊啊！」

「以『禪和的駿馬』這個外號出名的早瀨，竟然在百米賽跑中落敗……！」

「早瀨可是高中聯賽的常客耶！」

「等一下，對手是剛才的學生！」

「話說，剛才的時間……已經破高中紀錄了吧……？」

「——嗚哇喔喔喔喔喔喔喔喔喔喔喔喔……！」

「這個旋律是怎麼回事……感覺好洗滌人心啊……」

「小提琴比賽常勝軍畑之屋竟然不是她的對手……！」

「快看！畑之屋希望能拜那個學生為師……！」

「啊啊！感到困擾的模樣有點可愛呢……！」

——大致上如預料中的一樣，三場勝負剎那間便分出了高下。

沒錯。澪正如她所宣言的，三種項目全都出場，以壓倒性的差距將勝利收入囊中。

「…………」

真士坐在簡單設置的觀眾席上看著比賽過程，額頭直冒汗。

……他是真心希望澪能獲勝，也認為勝券在握，但實際上目睹比賽的光景時，又覺得有點歉疚，覺得對方很可憐。

「唉～～……真是毫不留情呢～～澪。」

瞇起眼睛如此說道的是坐在真士旁邊的鐵管椅上的真那。

「嗚哇，太強了……」

這時，坐在真那隔壁的女國中生正巧發出讚嘆聲——她是住在崇宮家附近的真那的死黨，穗村遙子。擁有貓咪般的雙眸，綁著雙馬尾髮型。

沒錯。禪和指定的會場是真士他們的高中體育館，由於日程是假日，外校人士也能觀賽。將信本人或許是想讓更多人見識禪和高中的厲害吧……但結果卻如各位所見。

「不過，自信滿滿地來挑戰，卻全部敗給同一個人，這下禪和也踐不起來了吧。啊哈哈！」

遙子晃動著嘴裡含著的加倍佳糖果棒說道。她穿的是與真那同一所國中的制服，卻毫不在意地張開雙腿坐著。就一個女國中生來說，看起來有點素行不良。

然而——

「——啊！該不會已經比完了吧？」

「…………！」

後方傳來龍雄的聲音，隨後遙子肩膀一震，立刻雙腿靠攏，端正姿勢。

「龍、龍雄學長……」

「啊，穗村也來了啊。比賽怎麼樣？」

「是的……很厲害。澪的演奏讓我非常感動。」

接著一百八十度大轉變，態度嫻淑地回答。真士與真那見狀，在一旁乾笑。

「……幹嘛？」

「沒有……」

「沒事啊。」

真士與真那隨便回答後，將視線挪回設置於體育館中央的舞臺上。

現在拿著麥克風的亞子、麻子、美子正走向勝者澪的身邊。大概是打算採訪她吧。

順帶一提，澪現在的裝扮是體育課時穿的運動服。筆試和演奏可以穿便服，但考慮到運動比賽時方便活動，最後選擇了穿著運動服。

『哎呀～～真是打了漂亮的勝仗呢。請問妳現在的心情如何？』

『──哇！好厲害，聲音變大了。』

『怎麼這麼可愛啦！』

被要求發表感想的澪對麥克風感到吃驚，不禁瞪大雙眼。那副天真無邪的模樣，令觀眾席發出溫馨的笑聲。

不過，當然也存在例外。

「怎、怎麼可能……會有這種事……」

坐在稍遠的位置的將信啞然無言地張開嘴巴。坐在他附近的禪和學生也同樣露出難以置信的表情。

……真士也不是不明白他們的心情啦。畢竟相信必勝而派出三名各個領域的專家，竟然束手無策地被打敗。

『——以上就是精彩獲勝的崇宮澪同學～～！』

『校長，你有在看嗎～～！小澪獲勝了喲～～！』

『這下子可得讓她從體驗入學升級成正式的學生了呢。』

「…………！」

不過，當舞臺上的亞子、麻子、美子如此說道的瞬間，將信猛然抬起頭。

「等一下……體驗入學？那名學生是體驗入學生嗎！」

然後，面向舞臺扯開嗓子詢問。

澪目瞪口呆地點了點頭。

「是的。我是體驗入學生……」

「……！」

於是，將信瞪大雙眼，指向舞臺上的澪。

「這場比賽應該是由各校代表同學來競賽才對！體驗入學生不是正規的學生！不公平！」

然後如此高聲吶喊。會場開始騷動了起來。

「呃……」

澪一臉困擾地將眉毛皺成八字形。

真士見狀，從鐵管椅上站起來，大聲說道：

「喂喂，學生會長啊。輸了之後才在那邊找藉口，未免太難看了吧？」

「什麼！該斥責的難道不是選出沒有代表資格之人的貴校嗎？本來就算判你們違規落敗，你們也無話可說吧！」

「什麼……！」

聽見將信說的話，真士皺起眉頭。於是，將信勾起嘴角接著說道：

「──不過，我們也不是那麼冷酷。就特別允許你們追加一場比賽吧！」

「追加比賽……？」

真士疑惑地說完，將信猛然指向真士。

「正好，你上臺吧。我親自跟你比一場！」

「……啥？我嗎！」

真士指向自己，發出錯愕聲。這也難怪。因為真士萬萬沒想到自己會被選為代表。

「沒錯，就是你──還是說，你不躲在女生背後就什麼都做不到嗎？」

「唔……！」

真士被踩到痛處，皺起臉孔。將信見狀，繼續說道：

「二選一，看你是要選違規落敗這種不名譽的結果，還是堂堂正正地一決勝負──來，抉擇吧！」

聽見將信挑釁般的話語——

「……誰怕誰，比就比！」

真士握緊拳頭，大聲回答。

於是，十幾分鐘後——

「……抱歉。」

隔了一段時間冷靜下來後的真士，滿懷歉意地縮起肩膀。

這也難怪。回嗆對方挑釁的言語，未經其他人允許就擅自接受挑戰。明知道這一戰將決定學校的命運，真是太輕率了。

不過，龍雄、亞子、麻子、美子以及其他同學，只是無奈地聳了聳肩。

「這也沒辦法啊。無論如何都只能接受吧。」

「小澪都幫我們一打三了，要我們接受違規落敗這個結果，根本不可能嘛～～」

「對啊對啊，你做得反而很對！」

「接下來只要獲勝就好！」

「…………」

真士被施加壓力，無力地苦笑。

「話是這麼說沒錯啦——」

就在這時，真那出聲發言。左手拿著劍道的面具，右手拿著竹刀。

「比賽項目是『劍道』，還真哀呢。」

她一邊說，一邊將面具戴到真士臉上，幫他綁緊背面的繩子。

沒錯。最關鍵的比賽項目經過抽籤的結果，決定是運動部門的「劍道」——而且最糟糕的是，學生會長綾小路將信似乎是禪和高中劍道社的王牌，還曾經獲得都大會冠軍……老實說，真士懷疑對方是否在抽籤時動了手腳。

「崇宮同學，你有玩過劍道嗎？」

「……如果被真那當作打擊台練習算是玩過劍道的話。」

「把人說得那麼難聽。」

真那幫真士穿完防具後，如此說著將竹刀遞給他。

「——注意對方動作前的微小變化。就像你不想被我打，身體會自然行動一樣。再來就是——靠氣勢了。」

「……多謝妳明確的建議。」

真士苦笑著說完，轉身面向舞臺。

「——小士。」

就在這時，澪出聲呼喚他的名字。

「對不起喔，都怪我……」

「妳在說什麼啊。要是沒有妳，最初的三次比賽我們早就輸了。」

澪聽了真士說的話，本來想回答些什麼——但大概是找不到適當的話語，只是緊咬嘴唇。

不過，澪張開了雙手，緊緊擁抱真士，以行動代替話語。

「……！澪——」

「加油。你一定能獲勝的。」

「…………嗯！」

真士感覺整個身體充滿力量，邁步走向舞臺。

已經穿好防具的將信站在舞臺上。從他身上散發出來的壓迫感，剛才的他完全不能相比。

「哼！竟然沒有逃跑，光明正大地應戰。這一點倒是該稱讚你。」

「……那真是多謝你的讚賞了。我也該讚美你死不認輸的精神呢。」

「哼！」

將信輕聲冷笑後，端正姿勢，行過一禮。真士也有樣學樣，行了一禮。

兩人前進三步後，做出蹲踞的姿勢，舉起竹刀。

「——開始！」

裁判高聲說道。

瞬間——

「——嘿啊啊啊啊啊啊啊！」

將信發出怪聲，突然從上往下朝真士揮舞竹刀。

「唔喔……！」

真士連忙橫拿竹刀，擋下他的攻擊。沉重的衝擊，震得他雙手發麻。

「擋得好……！你這傢伙，不是外行人嘛……！」

「不，我是第一次比賽……！只是偶爾會陪真那練習而已——」

「真那——『東中餓狼』崇宮真那嗎！原來如此……！」

「那傢伙還有這種外號喔！」

發現妹妹不為人知的一面，真士不禁大叫出聲。

不過，他可沒有時間沉浸在感慨之中。將信之後也從四面八方展開積極的攻擊。

速度與準確度，以及兼備重量的擊打。要是以前沒有陪真那練習，肯定早就被得一分了……

雖然被真那打出好幾個瘀青……但也算是因禍得福了吧。

不過，也僅止於此。沒有比賽經驗的外行人面對有經驗的老手還能沒被打趴，確實值得驚嘆。但是真士在與真那練習的過程中學習到的，只有閃避與擋住擊打的方式，從來沒練習過如何攻擊。

「——喔喔喔喔喔喔喔喔喔喔！」

「唔——！」

將信大概也隱約發現了這一點，只見他進攻的氣勢更加猛烈了。這樣下去，遲早會被攻破。

可是，究竟該怎麼做——

「面——————————！」

將信趁真士思考時，使出猛烈的一擊。

「————」

真士直覺擋不住。想必將信的一擊下一秒就會直擊真士的臉部吧。

不過，就在這一瞬間。

【——小士！加油——！】

「…………！」

觀眾席傳來澪的聲音——

隨後真士便感覺身體發熱。

全身充滿力量，意識逐漸清晰。沒在開玩笑，上一秒眼睛難以捕捉的將信的動作，如今看起來就像慢動作一樣緩慢。

「什麼……！」

將信慌亂的聲音震動鼓膜。

不過，這也難怪。因為本以為擊中的真士的身影，竟然如同幻影般突然消失。

不，不只如此。真士的動作快得看不清，移動的軌跡留下無數的殘像。感覺他的身體散發出靈光，就好比變身為超級真士。

「什麼——」

「這是怎麼一回事啊啊啊啊啊啊啊啊啊！」

驚愕聲響徹整個會場。

不過，這也是理所當然的事。應該說，會場中最吃驚的人大概就是真士自己了吧。

——然而，如今真士的思緒無比敏銳，自然不會放過這樣的大好機會。

他在慢動作的世界中，大幅度地扭轉身體——直接瞄準將信的軀幹，橫向揮舞竹刀。

「胴————！」

「……！」

——一閃。

如同字面閃現般的一擊，在將信的軀幹上炸裂。

將信的身體就這麼被震向後方，跌進觀眾席。

之後的數秒間，沉默籠罩著會場。

「…………！一、一分！」

最先回過神來的是裁判。雖然一瞬間露出不知道發生什麼事情的表情，但不久後似乎是理解了狀況，便高舉手中的旗子。

片刻過後，觀眾席才掀起掌聲、歡聲與喧囂聲。

不過，這也無可奈何吧。畢竟就連得到一分的真士自己，也無法完全理解剛才發生了什麼事。

「剛、剛才那是──」

「──小士！」

就在這時，澪呼喚他的名字，同時緊抱住他，使他打住了話頭。

「澪、澪？」

「小士，你好厲害喔！恭喜你！」

說完，澪露出天真無邪的笑容。

聽見她的聲音，已經感受不到剛才那種奇妙的感覺。真士歪頭詢問：

「澪，妳剛才該不會……對我做了什麼吧？」

「咦？什麼……你是指什麼意思？」

澪一臉疑惑地回答。她的表情不像是在說謊。

「……不，沒事。」

是自己多慮了嗎——還是澪沒有自覺？若原因是其中之一，那麼或許不該繼續深究下去。真士如此判斷後，輕輕搖了搖頭。

於是，繼澪之後，其他學生也接二連三地跑上舞臺。

「幹得好啊，崇宮同學！話說，最後是怎麼回事啊！」

「既然這麼厲害就早說嘛～～！」

「愛？是愛的力量嗎？」

大家你一言我一語地拍打真士的背部。真士難為情地露出苦笑。

不過，這時真士卻面向觀眾席。

因為拿下面具的將信跪坐著，眼眶泛淚，努力不哭出聲音。

「…………」

……雖然這個男人很惹人厭，但此刻他的心情恐怕比想像中還要難過幾千幾萬倍吧。真士用手制止聚集在四周的大家，慢步走向將信。

「……這場對決很精彩。你的實力非常堅強。」

「……！」

真士說完後，將信肩膀微微一震，但還是不服輸地狠瞪真士。

「……哼，少瞧不起人了。這種對敗者說的話……說的話……嗚嗚嗚……」

不過，似乎強忍不下去的樣子。將信皺起臉孔，潸然淚下。

「搞什麼啊……別開玩笑了……未免太強了吧……」

他吐出純度百分之百的喪氣話，不斷拍打地板……總覺得，跟先前的印象截然不同。

「——不好意思，借過一下。」

就在這時，一名戴著眼鏡的禪和男學生從觀眾席走出來，在將信身旁蹲下——是前幾天也站在他旁邊的副會長。

「啊～～真是的，別哭啦，會長。來，用手帕擦一擦。」

「嗯……」

將信接過副會長的手帕，擦拭眼淚。副會長確認後，倏地站起來，望向真士等人。

「恭喜你們——那麼，關於合併條件一事，擇日再議可以嗎？啊啊，我們已經取得學校的許可了，請放心。」

「咦？啊，喔喔……」

副會長與將信呈現對比的過於冷靜的話語，令真士微微皺起眉頭。

「怎麼覺得……你十分冷靜呢。」

「嗯。因為大致上跟我預料的差不多。」

「跟你預料的差不多……？」

真士狐疑地詢問後，副會長便壓低聲音繼續說道：

「——因為這場比賽本來就是為了讓兩校的合併條件公平而舉行的。」

「什麼……？」

聽見出乎意料的話語，真士雙眼圓睜。

「這、這是怎麼回事？」

「合併時，最好統合為偏差值和社團活動實績較強的禪合這類的意見較多是事實沒錯。不過，前幾天前來視察時，聽到貴校的崇宮澪同學說的那番話後，將信便極力爭取……」

「等、等一下。將信不是吸收合併贊成派嗎……」

「是的，一開始是沒錯。他基本上是個好人，只是有時候情緒會有點失控而已。他似乎是真心認為大家聽見能成為禪和的學生，應該會很開心。」

「那、那麼將信是為了我們學校才提出進行這場比賽的嗎！」

「簡單來說，是都教委那邊希望合併成禪和，所以需要能說服都教委的資料。如果貴校能展現出你們的能力，就有材料能跟都教委交涉了吧。」

「……那為什麼澪獲勝的時候他要抗議？」

「不是說了因為她是體驗入學生嗎？這個人的個性不能原諒舞弊。不過，他後來不是提出追加比賽了嗎？」

「……喔。」

……總覺得，這傢伙個性真難搞啊。

真士嘆了一口氣後，面向將信伸出手。

「…………！」

於是，將信肩膀一震，望向真士的手。

「來吧──好像承蒙你照顧了……抱歉啊，不知道你的立場，還對你說三道四的……該怎麼說呢，謝謝你……？」

「…………」

將信凝視真士的眼睛好一陣子後，有些難為情地牽起真士的手站起來。

「你……是叫崇宮真士吧。」

「嗯，再次請多指教。」

「……這種就叫作友情嗎？真士……」

「不，我是說了請多指教沒錯，這樣就拉近距離未免太快了吧？」

將信突然直呼他的名字，真士臉頰流下汗水，露出苦笑。順帶一提，將信已經站起來了，卻遲遲不肯放手。

不過，從旁人的眼裡看來，只覺得是結束比賽的雙方在爽朗地握手吧。

觀眾席響起的掌聲淹沒了整個會場。

◇

——對抗賽數日後。

真士等人的高中貼出關於學校合併的修正案。

決定尊重雙方的學生，盡可能留下兩校的要素。

而關於校名，則是向學生和家長公開徵募。

「總之……以折衷案來說，就差不多是這樣吧。」

真士仰望公告，輕聲嘆息——雖然母校依然無法維持現在的形式，但至少能留下一點氣息，也不枉引起那樣的大騷動了。

「這很了不起呢。是你努力的成果喲，小士。」

站在身旁的澪綻放出燦爛的笑容說道。真士有些難為情地羞紅雙頰，輕聲苦笑。

「明年要去新的學校上課啊——」

然後感慨萬千地如此呢喃。

說不難過是騙人的，但物事變化無常，也並非全是壞事。雖然這樣表達有些老套，但有別離也有相遇，這就是人生。

「…………」

就在這時，真士將視線挪回澪身上。

空間震發生的那一天，在災害現場的正中央邂逅的神祕存在。

身分不明的少女，真士為她取名為澪。

而如今她身穿水手服，站在真士旁邊，是他的同學。

是真士過往的人生中完全沒有痕跡，「全新相遇」的象徵。

即使真士前往新的學校就讀——

不，甚至是高中畢業、上大學就讀、出社會上班。

——她也會一直陪在自己身邊嗎？

真士突然這麼想。

「……小士？」

澪一臉疑惑地歪了歪頭。

真士肩膀微微一震，蒙混般笑了笑。

「…………！啊啊，抱歉。沒事。」

「呵呵，你真奇怪。」

澪莞爾一笑後，想起什麼事情似的抽動了一下眉毛。

「對了——」

「嗯？什麼事？」

「新校名是以公開招募的方式對吧。要不要一起想？搞不好會被選上喲。」

「嗯嗯，也對——難得有這個機會，就試試看吧。」

說完，真士拿起一張放在公布欄下方的紙張。

「要取什麼名字好呢？不要太奇怪的比較保險吧。」

「唔……還是想各保留原來高中的一個字呢。」

「也就是說，這裡是『來宮』，那邊是『禪和』——」

真士與澪思考過後，同時發出聲音：

「「——來禪高中。」」

後記

好久不見，我是橘公司。為您獻上睽違已久的短篇集《約會大作戰DATE A LIVE 安可短篇集11》，各位覺得如何呢？如果各位讀者喜歡本書，將是我莫大的榮幸。

這本書出版時，動畫《約會大作戰Ⅳ》想必也已來到最高潮的部分了吧。

哎呀～～……第四季耶，第四季。終於如願以償地讓二亞與六喰在動畫中登場。這下子所有的精靈都配上聲音了。嚴格來說，還有風待八舞這個例外，不過這時就先坦率地慶祝一下吧！還沒觀賞動畫的讀者，請務必觀賞看看！

那麼，接下來就進行慣例的各話解說吧。內容會提及故事情節，尚未閱讀本文的讀者，請小心踩雷。

○畢業生十香

不是劍鬥士（Gladiator），而是畢業（Graduation）。這次的《安可》大多是《約會》本篇完結後的故事。這篇短篇時間

軸在〈日後十香〉之後。

原本提出「畢業典禮」和「入學考」兩種題材，但只寫其中一種似乎有些不足，便決定合二為一。莫名喜歡折紙與瑪莉亞無懈可擊的布陣與因此強化的十香。幸好最後有確實舉辦畢業典禮。

○三人組八舞

不是樹靈（Dryad），而是三人組（Triad）。有個主要角色還沒在短篇中登場。沒錯，就是風待八舞。畢竟她在第二十二集才初次登場，根本沒機會參戰。

不過，能想辦法解決這個問題，就是短篇的作用。因此終於等到機會登場了。太讚了。這次登場的與本篇相同，是成長後的耶俱矢與夕弦合體而成的完美八舞，如果有機會，也想寫寫看生前的普通八舞呢。

○伴侶五河

藉由小珠與神無月的婚禮，妄想所有精靈與士道的夫妻生活。

雖然懷疑有辦法一次寫完所有精靈嗎，不過經過換算，一名精靈寫個四頁的話……十一名勉勉強強擠得進篇幅！這次短篇加入了一點「未來故事」的概念，就這層意義而言，也算是篇恰到好處的故事。就像是要寫十一篇店鋪特典短篇小說一樣，產出過程很辛苦，但折紙、二亞、七罪的故事倒是一下子就冒出靈感了。

○候選人七罪

我想寫本篇完結後，高中組的故事！因此誕生了七罪參選學生會長的故事。我個人非常喜歡的一篇短篇。這傢伙每次輪到七罪短篇時都會這麼說。

現在的來禪學生有許多個性獨特的人物，如果有機會，也想寫寫看其他故事呢。像是新學生會的故事之類的。聽說有地下會長在暗中操控鏡野會長，好像左手戴著兔子手偶。那肯定是老大嘛……

○異鄉精靈

這個故事有點獨特。是本篇二十二集後，平行世界的故事。

雖然跟平常感覺不同，這篇也是我個人非常喜歡的故事。短篇大多是責編向我提出大致的方向性，但我記得這一篇是我主動強力推進的。我想寫開著越野車奔馳在荒廢世界旅行的故事……這也是如果有機會想再寫續篇的故事。雖然不知道還有沒有機會就是了。

○起源澪

我一直很想寫澪與真士的短篇，終於等到機會降臨了。澪登上書衣的《安可》，此時不寫，更待何時。因此寫下了三十年前的一幕。在本篇當中無法詳細描述的澪與真士的日常，與連結未來的小事件。

服飾社那一段，可能會有人認為我又想讓角色穿上婚紗了……嗯，我確實很想讓澪穿穿看婚紗。

那麼，本集依然在多方人士的幫助下才得以出版。

つなこ老師、美編草野、責編、各位編輯、營業、出版、通路、販售等相關人員，以及現在拿起這本書閱讀的各位讀者，向你們致上由衷的感謝。

十一集結束了，依然還有其他未收錄的短篇，或許會再以某種形式出版成書。到時候請各位務必多多支持。

二〇二二年四月　橘　公司

國家圖書館出版品預行編目資料

約會大作戰DATE A LIVE安可短篇集/橘公司作；
Q太郎譯. -- 初版. -- 臺北市：臺灣角川股份有限
公司, 2023.03-
　冊；　公分. -- (Kadokawa fantastic novels)
譯自：デート・ア・ライブ アンコール
ISBN 978-626-352-353-1(第11冊：平裝)

861.57　　　　112000287

Kadokawa
Fantastic
Novels

約會大作戰DATE A LIVE 安可短篇集 11

（原著名：デート・ア・ライブ　アンコール11）

2023年4月6日　初版第1刷發行

作　者：橘公司
插　畫：つなこ
譯　者：Q太郎

發行人：岩崎剛人
總編輯：蔡佩芬
編　輯：孫千棻
美術設計：吳佳昀
印　務：李明修（主任）、張加恩（主任）、張凱棋

發行所：台灣角川股份有限公司
地　址：104台北市中山區松江路223號3樓
電　話：（02）2515-3000
傳　真：（02）2515-0033
網　址：www.kadokawa.com.tw
劃撥帳戶：台灣角川股份有限公司
劃撥帳號：19487412
法律顧問：有澤法律事務所
製　版：巨茂科技印刷有限公司
ISBN：978-626-352-353-1